本州沈没

坂戸昇

鳥影社

本州沈没　目次

本州沈没

一章　小太りの男

1

満員電車が着いて多くの人が吐き出される。改札口を出た人の波は休日の、人でごった返すスクランブル交差点へ向かう。駅周辺はクレープやハンバーガーをほおばりながら手をつなぎ歩くカップル、笑い転げながら大型のショッピングモールに向かう数人の女子高生、チラシを配る人、受け取る人、そんな人々の波を尻目に一人のスーツ姿の小太りの男が額に汗をかきながら私鉄の乗り換え口に急いでいた。

それにしてもここはどこであろうか？　渋谷にしてはハチ公が見当たらない、駅の正面に巨大なパブリックビューイングのスクリーンがあるが新宿ではないようだ、ここは一体……

そして男は何者でどこに急ぐのか……

それより十五年前、二〇二X年、師走もおしせまった十二月中旬の日曜日朝、東京の北区赤羽の庭の広い邸宅に一人住む日本の総理、山村龍之介が目覚めた。六十を少し過ぎた山村は平日は総理官邸で起居するが週末はできる限りこの私邸で過ごすようにしている。妻は二年前に病死した、侘しい一人暮らしだが楽しみが一つあった。それは一人娘の奈津美が孫の七歳の真耶と五歳の翔を連れて日曜には埼玉県の川口から訪ねてくれることだった。

十一時頃になって車が停まる気配がした。

三人が邸宅内に入ると今までと打って変わって家の中が明るく賑やかになった。

「じぃじー！」翔が駆け寄って山村に抱きついた。

「おーよく来たなー、また少し大きくなったなー」山村が言うと真耶が嬉しそうに言った。

「ねぇじぃじ、翔ったらねえ幼稚園のお絵かきで、お父さんの顔を画きましょう、というのに間違ってじぃじの顔を画いちゃったんだって」

「ワハハハハー」

一同に笑いが起こった。山村が翔に聞いた。

「幼稚園では仲良しができたかな？」

「うん幼稚園では春夫くんとヨッチャンと遊んで水曜はパパと遊んで日曜はじぃじと遊ぶの」

奈津美の旦那の明男はスーパーマーケットの店長をしているため、土日は休みを取れず平日が休みになっていた。スーパーの袋を開けながら奈津美が言った。

「ねぇお父さん、お昼は焼肉にしようかと思って買ってきたんだけど、いいかしら」

「ああ、いいなぁ、よーしじゃあ真耶と翔はじいちゃんとそこまでジュースを買いに行こうか」

「ワーイ」

翌日、月曜日、国会や霞ヶ関も動き出す新たな週が始まった。

山村総理はじめ大臣や議員が続々と国会、省庁へ集まって来る、その中に経済産業大臣の柳瀬隆文の姿があった。柳瀬は三十七歳、この若さで大臣に上《のぼ》りつめたのは、今は退官した元総理大臣の父、柳瀬豪三郎の七光りである、という大方の見方があるが、本人の政治手腕や努力も仲々のものである。この柳瀬は長い独身生活に終止符を打って経産省の秘書だった八歳年下の亜希子と一年前に結婚していた。二人とも初婚で亜希子は結婚と同時に秘書を辞め家庭にはいっていた。

片手に缶コーヒーを持って柳瀬は省内に入った。

「おはよう」

「おはようございます」

秘書たちが柳瀬を見て一斉に挨拶を返した、一番入口に近いデスクの沢木光恵が一番元気のいい声を出し微笑んで柳瀬を見つめた。

「ミッちゃん、これ、当たり付きの自販機で買ったら当たってもう一本出てきたんで、よかったら」

と言って沢木光恵に缶コーヒーを渡した。

「ワーッうれしい、ありがとうございます」

沢木光恵は喜んで受け取ると柳瀬を見つめて微笑んだ。その様子を斜め横のデスクで事務をとっていた古株秘書の丸山玉代が上目遣いにジロリと見つめた。この四十を少し過ぎた丸山玉代は亜希子が秘書をしていた頃からいるお局秘書で亜希子とは気が合い仲が良かった、そのため今もたまに連絡を取り合い交流していた。

玉代と目が合うと、

「ごほん」

軽く咳払いをして柳瀬は奥の大臣室へと消えた。

亜希子が辞めてその後釜に入ったのが沢木光恵だった。光恵は若いわりに博学で明るくて元気が良い、人と喋る時は真っすぐ目を見つめて話す、廊下ですれ違っても必ず目を見つめて微笑む、何事にも積極的で電話も真っ先に取る。何かを秘書に頼むとき柳瀬はつい光恵に頼んでしまう、それにも嫌な顔もせず仕事も早く正確だ。経産省のメンバーでの飲み会等があった時でも二次会、三次会までも必ず付き合う。

柳瀬は（自分への憧れがあるのかな）などと自惚れてしまう。

午後になって大臣室の柳瀬に光恵から内線電話が入った。

「地震研究所の三津木様から電話が入っておりますがお繋ぎしてよろしいでしょうか？」

三津木徹はT大時代の柳瀬の同級生で卒業後はT大の地震研究所に入り、今は研究所長を勤める。

研究に没頭するあまり、メシを食うのを忘れるくらいの仕事熱心と言うか、ちょっと風変わりな独り者だ。

「ああ、繋いでくれ」

「もしもし」

「おう三津木か、久しぶりだな、どうした？」

「ああ、結婚式以来だな、どうだ子供はできたか？」

「いやーまだだ、それなりにお勤めはしているんだがな」

「実は話がある、総理をはじめ主要大臣を集めて会議を招集できないか」

「どうしたんだ急に……地震研究所のお前の言うところを見ると大きな地震でも来るのか？」

三津木の真剣な様子に柳瀬の胸に不安が広がり聞いた。

「早い方がいいのか？」

「ああ、できれば今日でもいい」

「無茶を言うな、それに総理に打診するにしても、なにか具体的に説明する材料がないと提言できんぞ」

「そばに誰かいないか？」

「えっ？　ああ、俺一人だ」

「今は総理以外の耳には入れないでほしい」

「わかった。なんだ？」

「十一ヵ月後に本州は沈没する」

その瞬間、頭を内側から殴られた感じだった。時が止まったようなおそろしい緊張の後に震えが来た。

「おい！　聞いてるのか」

三津木の言葉にやっとのことで声が出た。

「ま、間違いないのか」

「各機関とも共通の結論を出している」

ドアをノックする音がした。

「すまんが後にしてくれ！」

思わず声を荒げてしまった。柳瀬は受話器を口に戻し言った。

「わかった、今日総理に提言する」

「お前と国土交通大臣には必ず出てもらいたい」

「決まり次第連絡する」

柳瀬は電話を切った。

2

午後の忙しい合間を縫って柳瀬は総理と内密に話す場を持った。

「それは本当なのか!?」

柳瀬から話を聞いた総理は茫然として苦悩の表情を浮かべた。

「三津木地震研究所長は早急に総理と国交大臣と私と主要大臣に召集をかけて欲しいそうです」

「わかった、では明日の午後一時に副総理と官房長官それに外務大臣と環境大臣にも緊急招集をかけよう」

夕方になってやっと明日の午後一時からの総理と六大臣、それに地震研究所の三津木の計八名による会議の段取りが取られた。

三津木への連絡を終えた柳瀬は疲れきって経産省に戻った。第一秘書と沢木光恵がまだ残って仕事をしていた。

「あっ、お疲れ様です」

光恵が柳瀬を見つめて微笑んだ。第一秘書の村井がたずねた。

「大臣これからの予定は？」

「ああ、もう地下鉄で帰るから君たちも今日はもう帰ってくれたまえ」

帰途に向かうため地下鉄に乗った柳瀬だが三津木の話を聞いてから頭の中は対応策で一杯だった。

本州が沈む……まず、しなければならない事は人の移動である、それと割り振り、そして移動方法。

どれも、やり方を一歩間違えるとパニックになり日本中が収拾がつかなくなる。割り振りと移動は適切な判断と方法で対処するしかないが、もう一つ問題になるのは移動に伴う住居という不動産財産の扱いだ、これを公平に収めるには……

沈んでいく本州、新天地における新生活の第一歩、国民の資産、財産。経済産業大臣として少なからずかかわってくる問題だった。

自宅マンションの最寄りの広尾駅で地下鉄を降りた柳瀬は、喉が焼けつくように乾いているのを覚えた。そういえば昼食の後、三津木の話を聞いてから全く水分を摂っていないことに気付いた。駅の階段をのぼって地上に出ると飲料の自動販売機が目に付いた、ポケットを探ってマイナンバーカードをつかんだ柳瀬はカードをタッチして缶コーヒーのボタンを押した、ゴトン、数年前に登場した改良型マイナンバーカードはチャージすることにより電子マネーの役目も果たしてくれていた。

(便利なものができたもんだ) コーヒーを喉に流し込みながらカードを手にして見つめた。

そこで柳瀬の目が光った。

「これだ！」

マンションに帰ると妻の亜希子が迎えた。

「お帰りなさい、あなた市川のお父さんがまた入院になるんですって、明日私行かなくちゃならないんだけど」

「ああ、そんなに悪いのか」

「ええ、肝臓は怖いらしいのよ。検査の為という事もあるようなんだけど」

食事をしている間も亜希子は喋り通しだった。子供も無く、一日の大半をエステで過ごす事の多い亜希子は話し相手に飢えているようだった。市川の実家の事、通っているエステの事、美容院の事……

柳瀬は今日は特に疲れ切って帰って、これから調べ物をしたいのにもう、うんざりであった。

本州沈没の事はたとえ身内であっても緘口令が敷かれている為まだ話せない、柳瀬は喋りたい衝動を抑えて言った。

「少し調べたいものがあるんだ、書斎に篭もるから遅くなったら先に寝てくれ」

亜希子は少し不満そうな顔をして部屋を出て行く柳瀬を見つめた。

二章　緘口令《かんこうれい》

1

翌朝、目覚めた柳瀬は昨日の事は夢であって欲しいと思った。だが厳しい現実は変わらなかった。今までの人生でこれほど辛い朝を迎えたことはなかった。

総理との会談を終えた柳瀬は、午後一時、国会会議室で地震研究所の三津木、それに五人の大臣と総理の計八人で会議の場についていた。

三津木の発言を初めて聞いた五人の大臣は一様に驚愕の表情を浮かべた。

「十一ヵ月後と言うのは間違いないのですな」

国土交通大臣の深田の声が震えていた。三津木が引き取って言った。

「そうです、そのXデーを地震研究所では来年の十一月十五日、プラスマイナス一日と予知しました、それより移動は遅くとも四十五日前には完了させなければならないので実質は九ヵ月半という事になります」

室内にざわめきが起きる、三津木が続ける。

「ご存知のように現在の地震予知は従来のプレート移動値だけでなく、全国に張り巡らされたGPSの測地測量法を用いた最先端の技術で巨大地震の予兆を確実に予測することができるようになりました。簡単に言うと、プレートの沈み込みによる水平方向の移動だけでなく、上下方向の移動も正確に測地することができるようになり、その結果、驚愕すべきことが判明したのです」

一同は固唾を飲んで聞き入る。

「大まかに説明しますと、太平洋プレートから分岐したユーラシアプレートが異常沈下しており、これにより、相模トラフから日本海へ抜ける海洋プレートが活断層を捲《ま》き込む様に沈下しています、その想像を絶する莫大なエネルギーにより内陸中央の沈下に引っ張られ、真ん中から折れ曲がるように本州は沈没するのです。伊豆、小笠原

両諸島と佐渡島も同様です。これは地質研究所も海洋研究所も同じ結論を出していま
す」

（ガヤガヤ、ザワザワ）

　ざわめく室内を制して総理が発言した。

「皆さんお静かに、これから九ヵ月半という期間に我々は国民を混乱なく本州から他の地域に移住させなければなりません。そこで対処しなければならないのが移住先の配分、混乱のない移動方法、そして国民の住居と財産です」

　皆が頷く、総理が続ける。

「そこで配分先の決定と移動方法の管理統括は国土交通大臣！」

「はっ」

　深田国交大臣が返事を返した。総理が続ける、

「それに田川環境大臣！」

「はっ」

「君が補佐して至急配分してくれ、それと住居と財産に関しては柳瀬経産大臣、君に任せようと思う、君に考えが有る、との事だったね」

そう言って柳瀬に発言を促した。

「昨日、三津木から、いや三津木所長からこの件を聞いて自分なりに住居と財産について考えてみたのですが、住居の形態には大別して戸建、マンション、アパートが有り、更にそれぞれ、持ち家か賃貸か、ローンが有るのか無いのか等に分けられます。これらが全て水に沈んでしまうのです。何とか現状をできるだけ維持して新天地に移るのが理想でしょう、そうしなければ財産が殆んど不動産のみの人は路頭に迷うし、マンション等を持っている人でもローンがあと一年で終わる人と、あと三十年以上ある人など様々でローンの形も現状を受け継がないと金融機関が破綻を起こします。そこで私が考えたのがこれです」

と言って柳瀬はポケットからマイナンバーのカードを取り出した。

「この改良型マイナンバーカードには不動産の取得データ、固定資産税の払い込みデータ、金融機関のローンの有無、その額が記憶されています。これにより、今後新たに配分された居住区で現在の不動産評価額に見合う住居なり土地を分け与える事によって混乱を防げるのではないでしょうか、もちろん国有地や国有林などの開拓、整備が急務になりますが、そして不動産は与えるがローンの有る人は継続してそのローンを払って頂く、こうすれば銀行等金融機関も救われます」

一瞬静寂が走った。

「企業はどうなりますか？」

口を開いたのは副総理の中尾だった。柳瀬は一瞬総理と目を合わせてから語った。

「企業につきましては不動産評価額の五〇％の確約を目指したいと思います」

(ザワザワ)

室内がざわめく、総理が口を開く。

「皆さん、時間がないのです。暫定になるかも知れませんが、混乱を避けるべく私はこの案を取り入れようと思います」

皆、一様にやむを得ない……という表情であった。

「国交大臣！」

総理に呼ばれて深田は総理を見た。

「環境大臣と一緒に何とか今日中に移住元と移住先の割り振りを決めてくれんか」

「ハイ」

二人の大臣が返事をした。続いて総理が言った。

「官房長官！」

「はっ」

「各都道府県の首長に明日の、そーだな、午後二時に緊急招集をかけてくれ、それから明日の会議決定事項を明後日、緊急連絡としてテレビ、ラジオで国民に流す、副総理！」

「はい」

「国営放送にその段取りをつけておいてくれ」

「わかりました」

「すみません総理」

柳瀬が発言した。

「それと同時にインターネットで配信しておいた方がいいでしょうね」

「うむ、そうだな、それから皆今日の会議の内容は混乱を避ける為に発表迄は身内にも漏らさないように」

嵐のような決断だった。国公大臣と環境大臣は慌ただしく会議室を出ると国交省の大臣室へと向かった。おそらく今夜は徹夜の作業になるだろう。

2

三津木を見送って柳瀬が大臣室に戻ってから少し時間が経った。

今後の課題は山ほどある……学校の問題、病院の問題、企業が移転したら大勢の社員はどうなるのか……日本の今後の首都は？

頭がパニックになりそうだった。考えてみれば昨日は結局二～三時間しか眠れなかった。猛烈に疲れが襲ってきた。

(体を壊しては元も子もない、今日はもう帰って休むか)

そう思ったが、何となく帰って話し好きの亜希子のお喋り攻勢に合うのかと思うと、少し気が重かった。

時計を見ると六時を回っていた。大臣室を出てみると何人かの秘書が仕事をしていた。

第一秘書の村井が声をかけた。

「大臣これからどうしますか」

と聞いた。柳瀬は、

「もう電車で帰るから君たちも上がってくれ」

と言ってトイレに立った。

戻ると沢木光恵がデスクを片づけて帰り支度をしていた。周りに人がいないようなので柳瀬が近寄り声をかけた。

「沢木君」

「はい」

いつもの笑顔で柳瀬を見つめる。

「今日、君は何か用事が有るかい？」

「いえ、別に」

「そう、それじゃちょっと夕食にでも付き合ってくれないかな、ご馳走するよ」

「わーっ本当ですか、じゃあお供させてもらいます」

「駅前のレストラン、メルボルンは知っているね」

「はい」

「じゃあそこで落ち合おう」

その様子を洗い物を終えて戻って来た丸山玉代が柱の陰で聞いていた。

レストランで癒された気分で沢木光恵と向かい合い、食事をしながら柳瀬が聞いた。

「沢木君、ご家族は？」

「はい、両親は九州の熊本で小さな雑貨店をやっています。あと、やっと店を手伝いだしてくれた弟と、妹が大学生で今大阪にいます」

「ふーん」

柳瀬は思った。

（この娘《こ》の実家は一先ず安泰だな、ただ、何も知らないこの娘《こ》は今後どうなるのだろう、もう自分との縁も消滅してしまうのか、いや、この娘《こ》だけではない、まだ何も知らない日本中の人々がこの事実を知ったらどうなるであろうか、混乱、戸惑い、暴動、多くの別れ……）

柳瀬は自分の胸にしまい込んでいるのに疲れてしまった。誰かに話したい、そんなジレンマに押し潰されそうだった。

「大臣」

沢木の声にふと我に返った。

「えっ」

「最近何かあったんですか？　何か考え込んでおられることが多いようですけど……」

「あっ、いや……その大臣、と言うのは止めてくれないかな、プライベートの時は名前で呼んでくれればいいから、僕も君のことをミッちゃんと呼ばせてもらうよ」

「はい」

「ワインのお替わりはいいかね、ミッちゃん」

「はい、じゃあ柳瀬さん、もう一杯頂きます」

微笑む光恵と柳瀬は見つめ合った。


翌日、総理の国会入りとともに、泊まり込みで作業を続けていた、国交、環境、両大臣より書簡が手渡された。これを見た総理の顔色が曇った。

午後二時になった。

国会の大会議室には、昨日に続き再び呼ばれた三津木をはじめ各都道府県の首長、それに総理と各大臣が集まっていた。

今日初めて知らせを受けた大臣や各首長は一様に愕然とした。三津木の報告を受けた首長から質問が出た。

「北海道、四国、九州の隣接部には被害は及ばないのですか？」

三津木が受けて、

「先ほど申しましたように本州は中部から海中に引っ張りこまれる様に沈没します、本州の北端と南端は徐々に海中に没するわけです、その速度は非常に緩やかなもので、今現在でもその現象は続いているわけです」

(ザワザワ)

「もちろん我々の想定したXデー近くには津波が予想されますので、沿岸住民の避難は必要になると思いますが」

次いで総理が引きとって、

「かような理由で我々の任務は、いかに混乱無くスムーズに国民を本州から移動させるかです。そこで内閣として本州からの移住先を地表面積、人口数等から精査して、これからお配りする用紙にその一覧を明記いたしました」

用紙がどんどん配られる。それは次のようなものだった。

二章　緘口令

三章　移住計画

1

	受け入れ地区		移動地区
北海道	根室、釧路	←	宮城、山形
	オホーツク、宗谷	←	青森、秋田、岩手
	十勝、上川	←	福島、新潟、富山
	留萌、空知	←	群馬、長野
	札幌、石狩	←	埼玉、栃木
	函館、檜山	←	千葉、茨城

九州	大分	↑	神奈川、山梨
	宮崎	↑	愛知、静岡
	福岡	↑	滋賀、三重、和歌山
	熊本	↑	大阪、兵庫
	鹿児島	↑	広島、岡山、鳥取
	佐賀	↑	岐阜、石川、福井
	長崎	↑	京都、奈良
四国	香川	↑	東京都下、伊豆諸島、小笠原諸島
	徳島	↑	足立、荒川、葛飾、台東、墨田、江東、江戸川
	高知	↑	文京、千代田、豊島、新宿、渋谷、港、中央、品川
	愛媛	↑	北、板橋、練馬、中野、杉並、目黒、世田谷、大田
	沖縄	↑	山口、島根

これを初めて見た時、山村は苦悩したのだった。

四国に移る東京在住者に対して、毎週のように訪ねて来てくれていた埼玉の娘夫婦と孫は北海道に移住しなければならない。

その距離は今までと違って余りにも遠い。

ただ、このような苦しみはこれから多くの人が味わわねばならないだろう。

国の混乱を無くし、円滑な移住に取り組む内閣総理大臣としては例外的な異論は唱えられなかった。

ざわつく室内を制して総理が発言した。

「北海道はご覧のように六地区に分けて配分されております。また東京は二十三区を四国の三県へ移す事とし、首都機能は高知市に移す事と致します。皇室も高知に移られます」

皆が高知県知事を見た。県知事は突然の事に額に汗を浮かべ驚いたような、困惑したような複雑な表情をした。

「これからは柳瀬経産大臣に住居等について、を続けてもらう」

総理に指名されて柳瀬は話し始めた。マイナンバーカードによる資産の継続について、ひと通りの説明をした後、柳瀬は続けた。

「受け入れ先になる地区の皆さんにお願いしたいのは、まず空き家、空き室などの住宅の整備、及び私有地、国有地、国有林などの宅地化、仮設住宅の建設などで受け入れる人数分の住宅を何とか確保して頂きたい」

皆、一様に表情が重い、柳瀬が続ける。

「次に病院関係です。入院患者の転院受入れの為のベッド数の増床、増築、新たな設立などです」

ある首長から質問が有った。

「企業についてはどうなります？　全社員を支店等に移すにしても大幅に余剰が出るのは目に見えている」

「その点についても考えました。いかに継続して社員を雇用していけるか、それは全て現在の仕事を続けなくても仕事はある。という事です。先程申しましたように、宅地化、増築増設、森林整備などには人手が要ります。また漁業も多くの人を必要とするでしょう。もちろん最初は専門的な知識は無い事ばかりでしょうが、従事者から指示を仰ぎ、力仕事からでも始めて、その知識や、やり方を習得していければいいと思います。この間の給与については会社に籍を置いたまま、その従事先の団体や県、国などから支払われるものとします、言わば企業から、ある期間従事先に派遣されて本業に戻るまで労働する、という図式です、こういう方法もあるという事です」

「学校はどうなりますか」

別の首長から質問が出た。柳瀬が答える。

「これも病院と同様に受け入れ先の増設、増築、新設が急務になります。編入に際しては同系列即ち、私立から私立、公立から公立、国立から国立、等は希望のみで編入可としたいと思います」

「あのー」

北海道知事が遠慮がちに手を挙げた。

「網走には刑務所が有りますが、当然囚人の数も増えるという事ですな」

これには総理が答えた。

「囚人の数は適正に配分しますが、それに伴い看守や管理者も増えます。これからのことですが、増設は必要になろうかと思いますが」

別の首長が質問がした。

「地域ごとの人数分けはマイナンバーのデータで算出していると言いましたが、マイナンバーカードを持たない人、例えばホームレスのような場合はどうするんですか？」

「直接アナウンスして船便で希望地に送る予定です」

総理の返答に、

「まぁ、北の寒い所に行きたがるホームレスは少ないでしょうな」

西の方の首長が自嘲気味に呟いた。別の首長が質問した。

「移住者の移動については、どのような段取りになるんでしょう？」

これには柳瀬が答えた。

「例えば三つの県を受け入れる県では三つの市、なり地域に分けて受け入れ準備を進めてもらうようになると思いますが、県として受け入れ体制が整ったら政府に連絡を入れて頂く事と致します。これにより移住可、の決定が出た地区の方より順次、空路、陸路、海路、のいずれかを使って移動して頂きます。マイカーとカーフェリーも可ですが混乱と渋滞を極力避ける為、一家族で一台での移動を原則とします」

総理が付け加える。

「海外移住希望者も有るでしょうから、諸外国に移住受入れ協力依頼の声明を外務大臣を通じて送ってもらいます」

その他幾つかの質問が首長からあがった。

時間も遅くなり、総理が語った。

「それでは明日、正午より国営放送、及びインターネットで国民に発表致します。それまではオフレコでお願いしたい」

2

会議室を出た柳瀬は、やはり会議室から出てきた一人の首長に呼び止められた。それは昔柳瀬が世話になった、前経済産業大臣で、今は故郷の県知事の要職についている金山だった。

「どうだね柳瀬君、何かと大変だが久しぶりに会ったんだ、食事でもしないか」

「はぁ」

柳瀬も昔世話になった恩義もあり、無下に断れなかった。

「どうだ、ひさ吾、の女将のところは？　あそこなら静かに話せるだろう」

「そうですね、じゃあ秘書に車を回させます」


秘書の村井の運転する公用車で六本木の割烹料理屋へ向かう車中で金山は言った。

「いや、あの女将は東京に来たら寄ってくれと度々連絡を寄越すんじゃよ」

金山の言葉に柳瀬が返す。

「それは知事の人柄がいいからですよ」

「ガハハハハ」

(品のない笑い方だと思った)

それより柳瀬は、秘書の村井にさえもまだオフレコになっている、あの事、を金山が喋り出さないかとヒヤヒヤした。あと一日、あと一日我慢すれば、この口を噤《つぐ》まねばならない辛さからだけは脱出できる、饒舌な金山も流石にそれは心得ているようで、何とかその話題に触れぬうちに車はひさ吾に着いた。

「ご苦労だった。帰りはタクシーを使うから、もう上がってくれ」

「わかりました、それでは失礼します」

村井は車で走り去った。


二時間後タクシーに同乗していた金山を宿泊先のホテルで降ろした柳瀬は、自宅マンションに向かっていた。車窓を眺めながら柳瀬は金山との会話を反芻していた。

要するに、あの居住区移動の割り振り先が個人的に気に食わないようなのだ。

柳瀬が説いたのは、誰でも百パーセント満足するとは思っていない、とにかく時間が無いのだ。一人一人の言い分を聞いていたら混乱が起きてしまう、再移動は落ち着いてから又考えれば良いではないか。という事を繰り返し説明した。

柳瀬は世話になった人間だが金山には昔から嫌悪感を抱いていた。

何事にも計算高く、手段を選ばぬ狡猾さが鼻についた。


タクシーがマンションに着くと十一時近かった。車を降りた柳瀬が自室を見上げると灯りが消えていた。鍵を使い、中に入り灯りを点けると、卓上にメモが有った。

それには、

〈頭が痛いので先に休ませて頂きます〉

と記されてあった。

疲れ切っていた柳瀬は、少し救われた気がした。

翌日、朝から国営放送ではアナウンス並びにテロップが何度も流されていた。

【本日正午、政府より重大発表があります】

国民は不安に駆られた。重大発表、という響きにただならぬものを感じていた。

柳瀬は正午近くなると、秘書たちを大臣室のテレビの前に集めた。

不安を抱えたまま正午、多くの国民はテレビの山村総理を見やった。

「皆さん、今日は重大な発表をいたしますが落ち着いて聞いてください、各権威の発表として、本州は十一ヵ月後に沈没します」

この瞬間、日本中が凍りついたようだった。総理が続ける。

「本州に住む方には北海道、四国、九州、沖縄に移住して頂くわけですが政府はその移住先を割り振り、準備を進めております、それは……」

総理が北から読み上げ始めた、同時に画面横に一覧表が表示される。

国民はこの緊急報道に釘付けになっていた。新宿の巨大スクリーンの前も黒山の人が固唾をのんで聞き入っている。会社でも学校でもテレビやラジオに聞き入っている。

一覧の読み上げを終え、総理が続けた。

「以上のように首都機能は高知に、並びに皇室も高知に移転されます。また財産、債務、不動産については、マイナンバーカードのデータを元に継続して頂き、住居は現在所有の評価額に見合う物件を移住先に用意致します」

空車のタクシーをはじめ車は軒並み左側に停車してテレビやラジオに聞き入る、食堂でも誰もが箸を止めてテレビ画面に釘付けになっている、店主さえも調理の手を止めて見やる。

「次に移動方法ですが、受け入れ先で、これから宅地整備に至急取りかかります。そして受入れが整った地区から順次報告致しますので、陸路、海路、空路で移動して頂きます。マイカー、カーフェリーも可ですが混雑緩和の為、一家族一台を原則とします。十一ヵ月後のXデーを十一月十五日と想定し、それより四十五日前の十月始めには、全ての移動を完了する計画です。皆様には無用な混乱は極力避けるようにお願い致します」

3

総理の発表が終わってからも日本の激震は続いた。

インターネットはパンク寸前だった。

大臣室でテレビを見終わった柳瀬は、皆に向かって言った。

「みんな、黙っていてすまなかった」

秘書達からは労《ねぎら》いの言葉が飛んだ。

「いや、当然ですよ」

「緘口令が敷かれていたんですよね」

「大臣辛かったでしょう」

沢木光恵もいつもと変わらぬ笑顔で柳瀬を見つめていた。

「日本はこれから激動の時を迎える、だがこういう時こそ、強さ、冷静さ、的確な判断が必要になってくる、これから四国に行く事になっても、みんなできれば一緒について来て欲しい」

柳瀬の言葉に秘書達が答える。

「こちらこそ」

「また使ってくれるんですか」

「あーっ、よかったー」

大臣室に一筋の明かりが灯ったようだった。

ただ、丸山玉代だけは別の事を考えているようだった。


長い四日間だった。

柳瀬にとっては、ひと月にも、ふた月にも感じる長さだった。

疲れた体を引きずるように帰宅した。

亜希子が第一声を発した。

「あなたは知っていらしたのね」

亜希子は非難するような、少し不満そうな顔であった。

柳瀬は答えるのも少し億劫だった。少しして、やっと声を発した。

「ああ」

「悲しいわね、妻の私にも言ってくれないなんて」

この時、既に夫婦には目に見えない溝があったのかも知れない。

「仕方がないだろう、発表までは肉親にさえも緘口令が敷かれていたんだ！」

柳瀬は思わず声を荒らげてしまった。

「それじゃあ私も信じられないというのね、あちこちに行って言いふらすとでも思っていたの」

「そんなことは言ってないだろう！」

「私たちは四国に行って、私の両親は千葉だから北海道に行かなきゃならないわけ!?ねえ何とかならないの」

「そんな個人個人の都合を聞いていられない状況なのは君にもわかるだろう」

「あなたはいいわよね、両親は九州に行くから、四国から九州ならすぐですものね」

「俺がこの数日、どんなに苦しみ悩んだか、毎日エステ通いしているお前にはわからないだろう」

「あら、それにしてはメルボルンに行く元気は有る、という事なのね」

「なにっ⁉」

「随分、お気に入りの秘書がいるようで」

「……丸山玉代だな、君は彼女にそんなスパイみたいな真似をさせているのか」

「まぁ、何のこと？　でもスパイされたら困るようなことをしているわけ？」

「沢木君とはそんな関係じゃないよ」

「あら、沢木さんとおっしゃるの、私の後釜に入った娘《こ》ね、たしかあの娘《こ》も九州だったわね」

「バカな邪推はやめろ」

「いいわよ、もしお望みならあの娘《こ》と一緒になれば？　その方があなたも幸せなんじゃないの」

柳瀬は、きりがないと思い言った。

「もういい、風呂に入る」

柳瀬は思った。

知らなかった妻の一面を見た気がした。

(これからもこの妻とうまくやっていけるのか?)

沢木光恵の笑顔が浮かんだ。

彼女に会いたい……

四章　冬の公園

1

翌日、総理をはじめ主要大臣が集まって行われた会議で再確認された事項として、

移住先の住居確保に伴う木材等原材料の調達。

状況により早めの輸入による対応。

受入れ先地域の沿岸部の埋め立てによる国土拡張の是非。

米を輸入に頼らざるを得なくなった時の構想、段取り。

重要文化財、国宝などの扱い。

それに、動物園の動物の問題、プロ野球は？　Ｊリーグは？　相撲はどうなるのか

……などの話題が出た。

最後に総理が発言した。

「本日、各国及び日本大使館へ、移住ビザ取得協力の要請を発信しました。また、日本は危機ですが、これから生まれ変わる時でもあるのです。日本から過疎、というものは無くなるでしょう、近代的な強い日本を力を合わせて、創ろうではありませんか」


経産省に戻り大臣室の椅子に座った柳瀬に仕事は山積みだった。こうしている間にも本州は沈んでいる……Xデーは待ってくれないのだ。


ドアがノックされ沢木光恵がお茶を持って入って来た。

「やぁ、有り難う」

柳瀬が礼を述べると、光恵が言った。

「私、考えたんですけど」

「なんだね」

「あのー、先生ってお呼びしてもいいですか」

柳瀬は微笑ましく思い、言った。

「はっはっは、そりゃいいよ、たしかに僕は君より先に生まれてるんだからね」

光恵は微笑み柳瀬を見つめてから、お辞儀をして出て行った。

柳瀬は癒された気分だった。


週末、柳瀬は自宅の書斎にこもり、Xデーへのタイムスケジュールや対策法などをシュミレーションした。

妻は、市川の実家の父親の入院騒ぎで、家と実家を行ったり来たりだった。

まるで柳瀬は忘れられたような存在で孤独だった。これから幾多の試練があるというのにこんな空虚感を持って夫婦を続けていく意味があるのか……

柳瀬は一人で考え一つの結論に達していた。


週明けと供に、受け入れ先の各自治体では地域を分け、転入してくる人数との調整を急ピッチで進めていた。

地域によっては、かなり具体化してきたところもあった。

柳瀬は午後の忙しい合間を縫って経産省を出ると、ある場所に行き、ある物を手に入れて来た。

公務とXデー対策に追われて夕方になった。

大臣室に入る時、丸山玉代が席をはずしているのを見た柳瀬は、大臣室から沢木光恵に内線電話をかけた。

「今日は何か用事があるかい？」

「いえ、別に無いですけど」

光恵は少し声を落としてくれた。

「喫茶店のアムールは知っているね」

「はい」

「そこで食事をしよう、七時でどうだい？」

「はい、大丈夫です」

電話を切った柳瀬は、背広掛けに掛かった背広の胸ポケットに目をやった。

アムールの店内……柳瀬は癒された気分で沢木光恵と向かい合っていた。

クラシック音楽が流れる。

とりとめのない話をしながら柳瀬は思う。

(この娘《こ》といると落ち着く……この娘《こ》とならどんな事があっても、うまくやっていける)


店を出ると、冬にしては穏やかな陽気だった。

「沢木君」

柳瀬は少し言葉が固くなってしまった。

「はい」

「この近くに公園があるのを知っているかい？」

「えーっ知らないです」

「そんなに大きな公園じゃあないけど、ちょっと散歩していかないか」

「はい」

冬の公園には人影がなかった、歩く二人。

立ち止まった柳瀬が言った。

「沢木君」

「はい」

「一緒になってくれないか」

「えっ」

柳瀬は背広の内ポケットから、今日手に入れた、ある物を取り出した。それは離婚届けの用紙だった。自分の署名、捺印だけがされていた。

「これを決意の表明と思ってほしい」

沢木光恵は、驚いたような、考え込んだような顔をして、柳瀬が広げた離婚届の用紙を見つめていた……いつもの笑顔が消えていた。

柳瀬が続ける。

「日本はこれから激動の時代を迎えるだろう、困難が待ち受けているかもしれない、だが約束する、幸せにする」

永い沈黙が続いた。

永い、と言っても人の感じ方は様々だ、柳瀬にとっては、とても永く感じた。

光恵は俯いたままだった。

やがて、顔を上げて言った。

「ごめんなさい」

2

沢木光恵と別れてからの、駅までの道のり、地下鉄に乗るまで、と乗ってから……柳瀬の周りから全ての音が消えたようだった、いや、聞こえるのだが雑音にしか聞こえなかった。

最寄駅の広尾で地下鉄を降り、改札口を出た柳瀬は、居酒屋の縄暖簾をくぐった。

今は酒だけが自分を癒してくれるような気がした。

酒を煽りながら自分の半生を振り返った。

上流家庭に、生まれ、育ち、政治家の父を持ち、一流大学、大学院を卒業して官僚になり、エリートコースを歩み大臣にまで上《のぼ》りつめた。遅めだったが妻ももらった。将来は父親と同じ、総理大臣の道を歩むと期待されている。

今までの人生において、負けや挫折というものは味わってこなかった。

だが、ここに来て初めて味わう敗北感であった。

やけ酒という酒の味を初めて知ったようだった。

周りからわずかに耳に入って来るのは、やはり日本の今後の事だ……

「将来は外国で暮らしたい」

とか、

「無人島で自給自足の暮らしをしてみたい」

など、あきらめとも希望とも取れる話題が多いようだった。

店を出ると柳瀬は駅の方に戻りタクシーを拾った。もう終電は終わっている時間だった。

ここからマンションまでは歩いて五分ほどの距離なのだが柳瀬は、ある決意を持ってタクシーに乗り込んだ。

タクシーがマンションに着くと言った。

「すまないが、すぐ戻るのでちょっと待っていてくれないか」

五階に上がると鍵を使って室内に入った。室内の灯りは消えており、さすがにこの時間では妻の亜希子は寝室で寝ているようだ。柳瀬は胸のポケットから離婚届を出し、テーブルの上に置いた。

沢木光恵に振られた今、妻とやり直すこともできる筈だった。だが、一度決めた事を変える気にはなれなかった。

自分としてのけじめを付けたかった。

柳瀬は灯りを消し、静かにドアを開け廊下に出ると鍵を閉め、待たせていたタクシーに戻った。

「霞が関の議員宿舎にやってくれ」

柳瀬は、国会に泊まり込みになる時に利用している専用の議員宿舎に車を向かわせた。

タクシーは走り出した。

テレビ、ラジオでは連日、評論家や哲学者、学識者などの特番が目白押しであった。

そんな中でも、人心の動揺は多少落ち着き、起こりうる現実には逆らえない。未来に向かって対処して行こう、と云う機運が高まっていた。

柳瀬は、あれから議員宿舎住まいが続いている、以前からここに泊まり込みになる事も多かったので、最低限生活に必要なものは揃っていた。

あれ以来、亜希子からの連絡はなかった。

五章　受入れ第一号

1

慌ただしい年末が過ぎ、新しい年が明けた。

「おでとーっ」

赤羽の総理宅では孫の翔が玄関を開けるや、山村に走り寄ってきた。

「翔ったら、おめでとー、でしょう」

と、言いながら真耶と奈津美も入ってくる。

「おーっ、おめでとう」

山村が笑顔で三人を迎える。

「お餅はいっぱい食べたかな？」

山村が翔に聞くと、答えた。

「うん三つも食べたよ」

しばらくは、取りとめの無い明るい話題で盛り上がっていた。


午後になって翔が山村の膝に抱かれながら言った。

「ねぇ、じぃじ、ぼく今度札幌のばあちゃんと一杯遊べるんだよ」

一瞬空気が変わり、皆の中に沈黙が走った。

奈津美の旦那の明男の田舎は札幌で、偶然埼玉からの居住地区になっていた。

「ねぇ、じぃじも来るんでしょう?」

「翔!」

真耶が翔の手を握って、部屋の隅の鏡台の前に引っ張り小声で言った。

「だめじゃないの、そのことは言わない約束でしょ」

一人になってしまう山村を気遣って奈津美が二人の子供に、

(この話をしちゃダメ)

と、言い含めてあったのだろう、奈津美も俯いて涙を堪えている。

「やだよー、じぃじと一緒じゃなきゃやだよー」

翔は、もう大粒の涙を流している
真耶が翔の両手を強く握って宥《なだ》める。

「だめだよ翔、だめだってばー」

山村に背中を向けて、そう言う鏡に写った真耶の顔も涙に濡れていた。


山村は一人になっても人手を借りれば別に生活に不自由はしない、ただ近くに血のつながった近親者が全くいない孤独というものをこれから味わわなければならない。

しかし山村は思う、日本はこれから未曾有の試練を迎えなければならない、自分が強さを見せ、率先してこの難局を乗り越えていかなければならない。

日本のリーダーとして強く生き抜いていかねばならない。

2

都内の神社に初詣に行った柳瀬は、その人の多さに驚いた。

いや、こういう時だからこそ、神を疎かにできず人は神にすがり神頼みをするのだろうか。

本殿までは詣でる人が長蛇の列を作っていた。ひとりひとりのお参りの時間も長いような気がする。柳瀬はその列に並んだ。

その後で、おみくじを引いてみた。願いを込めて見てみると、吉だった。

少しホッとした。


初詣を終えた柳瀬は、空腹を覚え、行きつけの寿司屋に寄った。

「いらっしゃーい」

勢いの良い言葉をかけられた。カウンターでは年配の店主と柳瀬より少し若い、徳さんが客の注文を聞いて握っている。徳さんの前に柳瀬は腰を下ろした。

「今日は何を握りましょう？」

「そうだな、鮃《ひらめ》と鮪を貰おうか」

「へい」

「徳さん」

「はっ？」

「君は江戸っ子だったね」

「へぇ三代続いてますがね……来年の正月は何をやっていますかねぇ」

寿司を頬張りながら柳瀬は言った。

「いや、君のように手に職を持っている人はどこに行っても引っ張りだこだよ」

「まぁ四国に行っても大将に着いて行くつもりですけどね」

大将というのは店主のことだ。柳瀬は追加注文をした。

「蛸と鰺を頼む」

「へい」

徳さんは店主の方をちょっと気にしながら小声で、

「でも、はっきり言って大将だって向こうへ行ってどんな店を持てるかなんですよね」

「ただ同程度の店は持てる筈だが？」

「そう、うまくいけばいいですがねぇ、もし大将だって使われる身になったら、私なんか路頭に迷う可能性もありますよ、とにかく大企業のサラリーマンと違って我々は不安定な立場ですからね」

柳瀬は、がりを齧りお茶を飲みながら考えた。

（本当に、人様々だ悩みは尽きない……）


松飾りも取れて一月も中旬になった。

移住受入れ先の各地区では、森林伐採、宅地化、空き家空き室の整備、生活道路の確保などが急ピッチで進められていた。

用地買収は事情が事情だけに、地主も、どこも大方協力的で順調に進んでいた。


さらに十日ほど過ぎ一月も下旬になった。

経産省では膨大な保存資料のデータを可能な限りマイクロチップに移し替える作業が進められていた。これは、経産省に限らずどの省庁でも、いや、どの企業でも推し進められている事だった。

沢木光恵はあんなことがあった後でも明るくテキパキと、仕事に精を出してくれていた。

柳瀬との日常も何事もなかったように笑顔で接してくれた。

ある日、柳瀬はどうしてもマンションに取りに戻らなければならない用事ができた。

省庁を出て、夕食を済ませ時計を見ると八時四十分だった。

(軽く飲んでから行くか)

行きつけの居酒屋に寄った。二十五日が給与支給のところが多いのか、直後という事もあって店内は混んでいた。ビールを飲みながら聞くともなしに聞いていると、近くに座って飲んでいる若いカップルは挙式を控えているのか断片的に、延期、両親、マンション、旅行……などの言葉が聞こえてくる。希望半分、試練半分、といったところのようだった。

途中から熱燗に変えて、居酒屋を出ると十一時近かった。柳瀬は夜風に当たりながらマンションへ向かった。

亜希子が起きていたらどんな顔をすればいいのかと思った。が、離婚届を置いてマンションを出た日以来連絡は一度もない、これは、承諾、と思ってよいのだろう、と柳瀬は思っていた。

マンションに着き、見上げると部屋の灯りはついていなかった。五階に上がり、鍵を開けて中に入り灯りをつけた。

テーブルの上に置いた離婚届はなくなっていて、替わりにメモ用紙が置いてあり、それには、

【実家に帰ります】

とだけ記され、その上には結婚指輪が置かれていた。

柳瀬は床に崩れ落ちるように座り込み、壁に寄り掛かった。

(終わった……)

当然初めての経験だったが、離婚とはこんなに簡単なものなのか、と思った。

と、同時に改めて感じる人生初の敗北感だった。

順調にレールの上を走り続けていた列車がいきなり脱線した感じだった。

心にぽっかりと大きな穴が開いたようだった。

と、同時に思った。

(亜希子は両親と一緒に北海道に行って、新しい人を見つければ、これで良かったのかも知れない……)

柳瀬は体が鉛のように重く感じ、もう動く気になれず、ベッドに移動するとそのまま横になり、朝を迎えた。

受入れ地区の宅地化作業は続いていた。

ただ、北海道地区は雪の為、作業が難航していた。特に今年は東日本で大雪が多く、早く春が待たれるところであった。

東京にも雪は何日間かは降ったが降雪量はそれほどでもなく、二月が終わり、三月に入った。

梅の開花とともに、この頃から本州の企業は積極的に移住地に社員を送り込み、自社業務の他に、住宅建設、生活道路の切り開き、拡張、漁業港湾整備などに力を貸すようになった。

3

桜が開花して四月になった。
去年のうちから、日程が決まっていた為、プロ野球は開幕したが恐らく全日程の消化は不可能であろうから、対戦した試合のトータルで順位を決める、暫定措置が取られる事となった。翌年以降の事は色々と意見が出されたが、フランチャイズは北海道4、四国3、九州4、沖縄1、の十二球団存続の声が多く、選手会やファンもそれに希望を持って進んでいた。

ゴールデンウィークになると京都、奈良、富士山、琵琶湖や有名な温泉など、本州の名所各地に多くの人が集まった。また想い出の地に、最後の旅行をする沢山の人で各地は賑わった。

湖のほとりでキャンパスに絵を描く画家の姿も多い。

六月になった。休日には相変わらずディズニーランドやＵＳＪなどのテーマパークに、多くの人が詰めかけていた。

皇居一周のマラソンをする人も多くいた。東京タワーやスカイツリーも多くの人で賑わった。

柳瀬はスカイツリーの展望室から東京の町を見下ろしていた。

無数のマッチ箱が縦横に並んでいるようで、見下ろす建物の窓ガラスが日の光を受けて輝いていた。

車はスイスイと流れているところもあれば、渋滞して、車、バス、トラックなどが車列を作っているところもあった。

東京だけで一千万の人間がいる。

Ｘデーまでにはこれだけの人が混乱なく移動できるであろうか……

「あのう、柳瀬さんじゃありませんか」

名前を呼ばれて柳瀬は振り返った。

「ハイ」

「きゃー、やっぱり柳瀬さんだわ」

見ると四十歳前後のご婦人の二人連れだった。

「すみません、一緒に写真を撮らせてもらってもいいですか」

アイドルと違うので柳瀬は、そう度々街で声を掛けられることは無かったが、テレビで顔を知られているので、たまにこうして写真を撮られたり、握手やサインをねだられることがある。

広大な展望からの景色をバックに、柳瀬は一人ずつ、ご婦人とツーショットに納まった。

今は携帯の普及率がほぼ百パーセントで、いつでも何処でも、誰もがカメラマンになれる時代だ。

二人のご婦人が礼を言って立ち去ったが、少しして、

「柳瀬さん」

また名前を呼ばれて一瞬、

（またか）

と思い、振り返ると行きつけの寿司屋の大将と呼ばれる店主だった。柳瀬は笑顔で答えた。

「いやー奇遇ですなぁ、こんな所でお会いするなんて」

大将は連れの奥さんと男の子を紹介した。

「これが家内と小学校三年生の太郎です」

「いつもお世話になっていいます、ほら太郎、挨拶しなさぃ」

「こんにちは」

大将の妻に言われて太郎は挨拶をした。

「しかし、いいもんですねえ、こうして東京中を見下ろすっていうのも」

大将の言葉に、柳瀬が問いかけた。

「こちらにはよく来るんですか」

「いや、初めてですよ、この太郎が前々から行きたい行きたい、と言っていたんでね、そのう……早くしないともう来れなくなっちまいますもんねぇ」

話が少ししんみりしてしまった。柳瀬は窓の方に目を向けて言った。

「大将の家はここから見えるかい？」

「いえ、亀有のマンションだからこの逆の方ですね」

「失礼だけど分譲？」

「へぇ、マンションのローンは無いんですが店のローンがね、まだ二十年残ってますよ」

大将は笑みを見せたが、その笑みは、諦めとも自嘲とも取れるような寂しい笑いだった。

柳瀬は励ますように言った。

「今、四国では移ってくる都民のデータに基づいて、適正な不動産を割り当てているよ」

「えぇ、マンションはいいんですがね、問題はローンのある店の方ですよね、もし、今度店を持たなくていい、と言ったらローンはなくなるのですかね？」

「取り敢えず住居優先で受け入れ作業は進められているが、そうなったら向こうで新たに検討、相談する事だろうね。ただ店を持たなくすればローンはなくなるかも知れないが、どうやって生活していくんだね？」

「それ、そこなんですよねぇ」

降ってわいた災難に誰もが戸惑い、頭を悩ませている。

柳瀬は東京の街を再び見下ろしながら思った。

（悩みは、尽きない……）


六月も二十日を過ぎ、雨の日が多くなり関東地方は梅雨入りした。

文部科学省はじめ学校関係者は気を病んだ。夏休み後の新学期をどうするか……

予測では七月後半には受け入れ体制完了の第一号が出そうである。


相談を受けた総理は慌ただしく会議室に入った。

資料を見て発言した。

「住居の受け入れ完了が迫ったら小中学校の転入受入れも合わせて決定してもらおう。そして九月の新学期を目途に順次、移住とともに各学校に転入できるようにしよう」

「高校以上はどういたしますか」
文科大臣の問いに、総理は、
「各学校で生徒の希望を聞いてもらって取り纏め、受け入れ先の各自治体で転入作業を進めてもらおう。場合によっては、試験、面接を必要とする事になるだろう」

総理からの書簡が、受け入れ先の各自治体に送られた。
各地区では、住居の建設とともに、学校の拡張、新設にも力を入れていた。ただ各地では少子化の為、空き教室、空き校舎が多かった為、こう言ってはなんだが、比較的ことがスムーズに進んでいた。統、廃合の危機を免れた学校もあった。

梅雨が明け、本州以外に家や家族がある人の移動が多くなりだした。こういう人達は自分で移住先を選べる。

このころから、関東地方に震度1～2くらいの小さな地震が多くなった様だが混乱が起こるほどではなかった。

ただ、目に見えない魔の手が忍び寄ってくるようで不気味だった。

七月も二十日を過ぎた。学校が夏休みに入るのとほぼ時を同じくして、政府に吉報が入った。

それを受けてテレビで臨時ニュースとして高田官房長官が声明を読み上げ始める。

「九州、佐賀県から受け入れ体制が完了したとの連絡がありました。岐阜、石川、富山の各県の方で移転準備完了の方は、順次佐賀へ移動して頂きますようにお願い致します」

この一報により、岐阜、石川、富山の三県からの移住者たちは、資産によって指定された、佐賀県の戸建て住宅、公営住宅、マンション、アパート等に移り住む事となる。

六章　トップ屋

1

伊豆大島、ここでは三津木地震研究所の研究員三人が三原山の噴火予測調査に来ていた。

プレートの位置関係から、最初の噴火は三原山であろうと推測されていた。

ドローンを使っての火口の写真撮影や傾斜計の測定等が行われていた。

「瀬戸さん！」

三人の中の一番リーダー格の男が呼ばれた。

「どうした」

「これを見てください」

研究員の示した測定値を見て、瀬戸は目を見張った。

「数値が前回の倍近くなっている……」

「ねっ、この数値から行くと噴火は予想より早いですよ」

「そうだな」

「これは所長に報告した方がいいですね」

「もちろんだ、よし機材回収の用意をしてくれ」

三人の研究員は慌ただしく機材回収に取りかかった。


第二弾の受け入れＧＯサインが出たのは沖縄からだった。

この報道により、山口、島根、両県からの移動が始まる。


地震研究所の三津木は調査隊が三原山から持ち帰ったデータに驚愕した。

「うーむ、これは予想以上の早さだな」

「所長、箱根の方は大丈夫なんでしょうか」

瀬戸研究員の問いに三津木は答えた。

「大涌谷《おおわくだに》は今のところ予想値通りだ、箱根は大丈夫だろう、だが油断はできんな」

「大島三原山は入山規制をした方がいいんじゃないでしょうか」

「まだそこまでは行かないが警戒レベルだな」

「そうですね」

「いずれにせよ政府には進言しておいた方がいいだろう、香川県の受け入れ体制も急いでもらわないと困る」


柳瀬は三津木から連絡を受け、電話に出た。

「もしもし三津木か、どうした？」

「三原山の噴火が早まりそうなんだ」

「えっ、本当か！　入山規制をした方がいいのか」

「いや、そこまではいかない、今はまだ活火山である事の注意の警戒レベル一くらいだがな」

「うーむ、そうか……だが油断はできんな」

「受け入れ可能地区はあれから増えてないのか」

「まだだ、佐賀と沖縄の二県だけだ」

「香川県の受け入れが早まるといいんだがな、できるだけ早く伊豆七島の住民は移住させた方が無難だぞ」

三津木の言葉に柳瀬は言う、

「そうだな香川県知事に言って、大島からの人数分の受け入れだけでも優先して対応してもらえないか進言してみる」


柳瀬からの進言を受けて、山村総理から香川県知事に大島三原山の現状の説明と、大島からの移住者の受け入れ分だけでも急ぐよう、要請がなされた。


地震研究所の瀬戸は三津木所長の命を受けて、二人の研究員とともに箱根の調査に当たっていた。

夏休みのせいもあり、人出はまあまあだった。

付近の売店にも人が集まっていた。

火口調査に行く途中で研究員が瀬戸に言った。

「思ったより人が多いですね」

「ああ、そうだな」

売店では記念のフラッグや絵葉書などもよく売れていたが、恐らく、記念の地、想い出の地、という感慨を持って、この地での、最後の旅行を味わっている人も多くいるのだろう。

それを見て瀬戸が言った。

「観光客半分、想い出の地への最後のお別れ半分といったところかな」

「そうですねぇ、それにしても暑いなあ」

「今日は全国的にこの夏の最高気温になる所が多いそうだ。ただ地面から暑くなっていないのがまだ幸いだな」

瀬戸の言葉にもう一人の研究員が言った。

「ああ、ここの温泉卵はもう食べられなくなるのか」

「そうだ、食べたかったら帰りにいっぱい食べとけよ、さぁ急ぐぞ」

瀬戸の言葉に研究員は足を早めた。

大涌谷の火口調査では異常値は今のところ見受けられなかった。

2

八月に入って政府に北海道の首長から、釧路、根室地区の受け入れ体制完了の連絡が入った。

これにより宮城、山形両県の住民は移動作業に取りかかれる。

時をほぼ同じくして、香川県知事から大島からの移住分の受け入れは可能になったと連絡が入った。

政府では、早速この情報を国民に流した。

高田官房長官がテレビのニュースで国民に訴える。

「本日、釧路、根室地区から受け入れ体制完了の連絡が入りました。宮城、山形両県の住民の方は移動の準備をお願いいたします。なお、伊豆大島の方も、今すぐではないのですが三原山の噴火を想定して速やかな移動が望まれる為、香川県で大島からの受け入れ準備を先行してまいりましたが、その体制が整いましたので大島の住民の方もあわせて移動の準備をお願い致します」

この頃から本州からの移動が増えて、本格的になって来た。首都圏からの移動はまだ無いが、飛行機、船舶、カーフェリー、鉄道での移動が多くなって来た。

そんな夏の夕暮れ、地震研究所を出た研究員の瀬戸は帰宅の為、駅に向かって歩き出した。

研究所横から一人の男が出ると足早に瀬戸に追いつき、肩をたたいた。

「瀬戸さん、今お帰りですか」

「ああ、安井さん、この間はどうも」

安井はフリーのライターで一年程前に、〈地震と噴火〉という特集記事を組んでくれた時の取材役のベテランライターでトップ屋である。瀬戸より年上の為、瀬戸も低姿勢だ。並んで歩きながら安井が言った。

「いやぁそれにしても暑いなー、瀬戸さん今日は何か用事がありますか？」

「いや、別に」

「ちょっと生ビールでも飲みましょうよ、ご馳走させてもらいますから」

「いやー、それは……」

「遠慮しないでいいですよ。なにね、ちょっと臨時収入があったんでね、すぐそこの居酒屋でいいんで、ちょっと付き合ってくださいよ」

「そ、そうですか、それなら」


居酒屋の縄暖簾をくぐった二人は大ジョッキで喉を潤した。

安井が言った。

「プハァーうまい、やはり夏はビールだなぁ」

瀬戸も酒には目がない方なのでビールの喉越しを堪能した。

安井がつまみを頼み、言った。

「ところで状況はどうなんですか」

「えっ」

「本州のですよ……Xデーは変わらないんですか」

「ええ、当初発表した通り、変わらないですね」

安井は煙草を取り出し、火を点けて煙を大きく吐き出し言った。

「私は長い間ライターをやっていますが、何か臭うんですよね」

「えっ」

「政府は正確なXデーを発表していない」

「バカなっ」

「人身の混乱を抑える為には、Xデーを実際より早く言って、人身を焦らせ喚起を促す方法と、実際より遅く言って、人身を落ち着かせ混乱を防ぐ方法がある」

「さっきも言ったようにXデーは変わらない」

「私の勘でいくと、Xデーはもっと……そうですね、発表より一～二ヵ月遅いような気がするんですが」

「そんな事をしていたら、多くの犠牲者が出てしまう」

「ほう、そんなに早いんですか」

「あぁ」

「でも、Xデーきっかりに来るとは限らないんでしょう」

「そ、それはそうだが……」

安井は追加注文を出した。

「生ビール二つ追加！」

安井は煙草を揉み消し言った。

「そこなんですよねぇ、Xデーは少し遅くなるんではないですか」

「いや！　早まることはあっても遅くなることはない」

酔いが回ってきた瀬戸に気付かれないように、安井は携帯を操作した。

3

それから何日か過ぎて、受け入れ可能地区がぼちぼち出だした。

なかでも大分、宮崎、両県の受け入れ体制が整った事により、神奈川、愛知という人口密集地区からの移動が早めにできる事が大きかった。

さらに何日かして北海道の札幌、石狩地区から受け入れ体制完了の一報が入った。ここは山村の娘夫婦が住む埼玉と栃木の両県の移住先だった。

大島三原山は警戒レベルが一から二に引き上がった。ただ全島民の香川県への避難は今日にも終わる。

箱根大涌谷は依然小康状態だった。ただ神奈川県住民の大分県への移住も解禁になっていた為、売店も閉鎖され人の姿は見えず、県民は移住活動に余念がなかった。

東京二十三区の移住GOサインはまだ出ていないが、各省庁を中心とする永田町周辺や各企業は、書類やデータ、機密文書などの四国送付に追われていた。宅配便業者はパンク寸前であった。通常翌日か翌々日に着く荷物も、日にちの約束をできない状態だった。

八月の十日を過ぎ東京はお盆の時期になった。

ただでさえお盆の時期は東京に人が少なくなるのに、今年は特に人が少ない感じだった。

中旬を過ぎても例年に比べると人が減った感じで、そのまま田舎に住みついてしまったのではないかと思われるほどだった。

実際、それが可能で帰郷した人もいた。

それでもやはり東京は人が多い。二十日を過ぎて休日になると、渋谷、新宿、池袋をはじめ銀座や原宿も多くの人で賑わった。

そんな日曜日、赤羽の山村邸に娘夫婦が二人の子供を連れて車で訪れた。

「やあ、みんないらっしゃい」

山村のお出迎えに奈津美の夫の武井明男が挨拶を返した。

「お義父さん、御無沙汰しています」

「来週引越しだそうだね」

「はい、わたしも札幌の店舗に転勤になります」

「故郷に帰れるわけだね。明男君はこっちに来てどのくらい経つのかね」

「高校を出てからこっちに来ましたので十六年くらいですね」

「そうか、だがあちらの寒さには慣れているわけだね」

「そうですね、ただこちらに慣れてしまうと、向こうにまた慣れるまでには少し時間がかかりそうですね」

「ねぇ、じぃじ、ぼく寒いとこ平気だよ」

孫の翔の言葉に山村は頭を撫ぜながら言った。

「そうか、それは頼もしいなぁ」

「ねぇお父さん、新しい住所はまた連絡しますね」

奈津美の言葉に山村が答える。

「そうだね、ところで引越しはフェリーでするんだったね」

「そうなの、向こうに行っても車は必要になるだろうから、火曜日に発つカーフェリーで行くことにしたの」

「今度住むところに車は置けるのかな？」

これには、明男が答えて、

「えぇ、今と同等のマンションを用意してくれるとの事で、駐車場は各戸数分あるそうです」

「心配なのは真耶の小学校なのよね、三年からの転校でしょう、今のクラスのだいたいの子とは一緒になれるとは聞くんだけどねぇ」

奈津美の言葉に真耶が続く。

「真耶、由美ちゃんと一緒だといいな、離れたくない」

「翔みたいに向こうに行ってから学校に上がる子はまだいいんでしょうけどね、転校生にいじめとか、ないといいんだけど」

「いや、今回のは転校と言っても、一人や二人の転校とはわけが違う、統合や合併のような感じでしょう。向こうの子もあたたかく迎えてくれるよ」

明男の言葉に奈津美が言った。

「そうね……あら、いけない、私すっかり話し込んじゃって、お父さん、ご飯炊くわね、お昼用にハンバーグ買ってきたからみんなで食べましょう」

「ワーイ」

「ハンバーグ好き」

子供たちが歓声を上げた。


楽しい時間が過ぎ、四時半をまわり奈津美たちが帰る時間になった。

「じゃあお父さん、血圧に気を付けて、お酒は飲み過ぎないようにね、それと新しい住所分かったら教えてね」

「あぁ」

「ねぇじぃじ、遊びに来てね」

翔の言葉に山村は微笑んで言った。

「そうだな、翔も来れたら四国まで遊びに来ておくれ」

「遠いの？」

一瞬、皆の間に間《ま》があったが、山村が取り成したように言った。

「うん、少し遠いかな、だけど飛行機ならすぐだよ」

四人が車に乗り込むと、明男が運転する車は走り出した。

「バイバーイ」

孫たちが手を振り、山村も手を振って返した。

車がどんどん小さくなって行き、見えなくなった。


山村は室内に戻った。

先程までの賑やかな空気は当然なくなり、うって変わって静まりかえっている。

キッチンや室内は奈津美が片付けていったため整然としている。

書斎に入り椅子に座り、机の引き出しを開ける。

封を切っていない煙草を取り出した。

煙草を止めて十年になるが、最近無性に吸いたくなり、昨日とうとう買ってしまった。

昨日は吸うのを思いとどまったが、今回は封を開け一本口に銜《くわ》えると火を点けた。

肺いっぱいに煙を吸い込み、久しぶりの煙草の味を堪能した。

(うまい)

煙を吐き出すと、心が落ち着いた。

山村はしみじみと思った。
（これは当分止められそうもないな……）

七章　海の藻屑

1

数日後、八月も下旬になり、もう少しで夏休みも終わる。香川県が大島以外の伊豆、小笠原両諸島と東京都下の住民の受け入れ体制も完了したのをはじめ、いくつかの地区からも受け入れ体制完了地区が出てきた。

ただ全体からみると、やっと半分に届いた程度だった。

柳瀬は議員宿舎で生活し、たまに週末にマンションに帰る暮らしをしていた。

月曜日の朝、ネクタイを締め終わり、朝食をとりながら朝刊をめくっていると、週刊誌の広告の見出しに目を奪われた。

〝本州沈没は早まる〞

〈地震研究所S氏の証言〉

柳瀬は朝食もそこそこに、新聞をバッグに入れるとマンションを飛び出した。駅に行く途中のコンビニでこの週刊誌を買い求め、地下鉄の車内でこの記事を読んだ。

だいたいの内容は次の通りだった。

〈本誌は八月某日、地震研究所研究員のS氏から情報を得た。それは政府は人身の動揺と混乱を抑制するために本州沈没のXデーを実際より十五日ほど遅く公表している。

本当のXデーは十月の終わりで、それより四十五日前だと九月中旬には移動を完了させなければならない。現にいちはやく大島三原山の噴火予知対策として大島住民を特例的に香川県に移した、これはXデーが早まっている所以である。〉

だいたいこういった内容で、目のところは黒い線で隠されているが、瀬戸研究員の居酒屋で隠し撮りされた写真も載っていた。

国会でもこの話題で渦巻いていた。

総理に呼ばれた柳瀬は言った。

「トップ屋の情報売り込みだと思うのですが、それにしても悪質ですね」

「発行部数を上げるために、この期に乗じたんだろう、許せんことだが発行部数は上がっているだろうな」

「現に私もこうして今日買いましたし、国会でもほとんどの人が買って来ていましたよ、これが全国になると大変な売り上げでしょう」

「うむ、当然ガセネタだろうが三津木くんを呼んで確認した方がいいだろうな。それと、この研究員がどういう経緯でこの記事に加担してしまったのかも聞きたい」

「わかりました、三津木に連絡を取ってみます」

地震研究所長の三津木も朝、新聞を読んで驚き、週刊誌を買ってから研究所に入った。

研究員たちも動揺していた、瀬戸が真っ先に三津木の前に出た。

「所長、申し訳ありません」

「瀬戸、相手はトップ屋なんだろう、誰なんだ？」

「はい、フリーライターの安井さんです」

「安井かぁ、あいつはすっぽんのように喰いついたら離れないからなぁ」

そのあと三津木は瀬戸が居酒屋で安井と飲んだこと、誘導尋問や口車に乗ってしまったことの説明を受けた。その最中に女性研究員が三津木に言った。

「所長、経産省の柳瀬さんからお電話です」

「ほーら来た」

三津木は渋い顔をして受話器を取る、瀬戸は恐縮して俯いたままだ。

「柳瀬、すまん」

「おい、機先を制すりゃいいってもんじゃないぞ」

「わかってる、トップ屋にやられた、全て俺の責任だ」

「まぁそんなことだろうと思ったがな、ただ、総理がかなりおかんむりだ」

「当然だな」

「その当事者の研究員も呼んでいる、今日午後来れるか？」

三津木は瀬戸に向かって言った。

「今日午後は大きな用事はなかったな」

「はい」

瀬戸の返事を聞いて、三津木は受話器に向かって言った。

「じゃあ午後一時に行く」

「わかった」


国会の打ち合わせ室で柳瀬と供に、三津木と瀬戸の説明を聞いた総理は口を開いた。

「うむ、大体の事情は分かった。だが、事が事だけにもっと慎重にやってもらわないと困るぞ」

「はっ、申し訳ありません」

三津木と瀬戸は深々と頭を下げた。

「起こってしまった事は仕方がないが、国民がどう受け取るかだがな」

「平静を願うしかありませんが、ネットの書き込み等の流言飛語による混乱が懸念されますね」

柳瀬の言葉に総理が言った。

「ところで三津木君、大きく状況は変わらないというのは間違いないんだね」

「はい、Xデーは変わりません。しかし富士火山帯の活動のプロセスが予測より激しいですね」

「そ、それは何か原因があるのかね」

「いや、これは自然発生的に起こりうることです。飽くまでもXデーの日にちは変わらないので、九月一杯に移動を完了させれば本州の人間は救われます」

「そうか、それと三原山の噴火は間もないのかね」

「三原山は二日ないし三日後に噴火します」

……窓の外では蟬が、その短い命を惜しむように鳴き続けていた。

2

翌日、柳瀬はテレビ、新聞、インターネットの書き込みなどに細心の注意を払った。重大な事件はなく、ネットの書き込み等の流言飛語は起こっておらず、人身の動揺はないようなのでホッと胸をなでおろした。

だが、東京二十三区をはじめ本州の半分くらいの地区の住民の受け入れ、ＧＯサインはまだ出ておらず、予断を許さない緊張状態が続いていた。

その翌々日、三津木の予測通り三原山は噴火した。

土石流と共に溶岩が山を焼いた。

船舶、ならびに航空機に注意を促がすアナウンスが続いた。

これを契機に恐れていたことが起こり始めた。

火山噴火があの記事を思い出させたのか、インターネットのツイッターやブログ等で危機を煽る次のような書き込みが出だした。

《本州、やばくねー？》

《明日、九州の実家に帰ります、君も急いだ方がいいよー》

《死にたい人は本州に残って下さーい》

《富士山も噴火するぞー》

こういった流言飛語が飛び交い人身に動揺が起き始めた。

その現象が顕著に現れはじめたのは翌日からだった。

ネットの書き込みの増加に伴い、

〝本州沈没は早まる〟

という疑心暗鬼が民衆のなかに生まれ、徐々に危機感がつのっていった。

それに伴い受入れ未完了の地区へも一日も早くと移動する人が増えだした。

日を追うごとにその危機感は高まり、本州を脱出する人々が陸、海、空の便に殺到した。

予約はどの便も満席状態で、取りたくても取れない人が溢れ、列車の自由席は超満員、道路は各地で車の渋滞が発生し事故が多発した。

皆、受け入れ住居が未確定なのに海を渡る為、ホテルや旅館はどこも満室で、ネットカフェや漫画喫茶はもとより、駅のコンコースや公園は泊まり込む民衆で溢れた。

ただ、救いは今が冬ではなく夏であることであった。

あの記事が出るまでは何とか順調にいっていた民衆の移動も、ここに来て恐れていた事態が起こってしまった。

各地ではトラブルや騒動が続いていた。

総理は事の重大さを痛感していた。

主要大臣がそろって対応の打ち合わせの最中、重苦しい空気が流れていた。

山村が煙草を取り出して銜えた。

「あれっ、総理煙草はお止めになったんじゃなかったのですか」

国交大臣の問いかけに山村は意味ありげに言った。

「ふっ、知らんのかね、私の自慢できるものは、禁煙の回数、だよ」

一同の重い空気が少し和らいだ。柳瀬が発言した。

「総理、ここはやはりテレビ等を通じて総理の口から国民へXデーは早まるようなことは無い、と説明した方がいいのではないでしょうか」

山村は煙を吐き出して言った。

「そうだな、先ず国民を落ち着かせなくてはならん」


総理の指示で明日の国営放送での報道の段取りが取られた。


柳瀬は経産省に戻った。

中では第一秘書の村井や沢木光恵ら秘書たちが、ダンボールに資料詰め込みやマイクロチップへのパソコンデータ移し換えに追われていた。

「お帰りなさい」

秘書たちが声をかける。

沢木光恵が微笑んで見つめる。

「ああ、みんなご苦労さん」

「大臣、打ち合わせの結果はどうでしたか」

第一秘書が尋ねた。

「うむ、明日総理がテレビのニュースで国民にXデーの変わらない事と、落ち着いて受け入れ可能の連絡を待つようにアナウンスすることが決まった」

「そうですか、それで各地で起きている騒動も収束するといいですね」

そこへ、出かけていた男性秘書が戻って来た。柳瀬が声を掛ける。

「おお、ご苦労さん、どうだったね駅の様子は？」

「それが変な感じなんですよ、神奈川県の住民がほとんど移住してしまっている為か、電車や駅のコンコースは空いているんですけど、緑の窓口や精算所、長距離切符の売り場などが長蛇の列になっているんですよ」

「やはり皆、一刻も早く脱出したがっているのだろうな」

「たまたま電車で隣に座った神奈川県の人は移住が遅れてしまって、今では九州へ行く列車も飛行機も取れないんですって、それで仕方ないから広島まで行って、家族に車で広島まで迎えに来てもらって九州に帰ると言っていました」

「そんな状況の人も多いんだろうな」

「それと、その人は本州に入る道は空いてるだろうが九州に帰る時は、かなりの渋滞を覚悟しなければならない、とも言っていましたね」

トップ屋の一つの思惑が重大な事態を生んでしまっていた。

柳瀬はこの事態が一刻も早く収束してくれるように願うしかなかった。

3

翌日、愛媛県知事から政府に朗報が入った。愛媛県が受け入れ先とする東京二十三区のうちの城西地区八区の移住が可能となったのだ。

この日午後一時、予定していたテレビのニュース報道に総理は臨んだ。

「国民の皆さん、流言飛語に惑わされないで下さい。Xデーの日にちは変わりません。三原山の噴火は想定されていた事で、Xデーが早まるものではありません。移住受け入れ地区では受け入れ体制が着々と進みつつあります、その証として本日、愛媛県より受け入れ体制完了の連絡が入りました。東京城西地区にお住まいの方は移住の準備をお願いいいたします」

新宿の巨大スクリーンに見入っていた民衆の一部から歓声と拍手が起こった。

早速、携帯を取り出して電話をかける人、メールを打ち出す人。

杉並区のある家ではテレビを見て老夫婦がハイタッチをした。

束の間、歓喜に沸いた民衆だったが、各地の混乱は直ぐには終息しなかった。

依然、人が溢れ、駅のコンコースや公園は夜になると宿泊所と化してしまう。

民衆同士のトラブルもまだ発生していた。

体育館や公民館の開放も検討されたが、ここでもまた混乱を起こしてしまうのではないかと、前に進めなかった。

二日後、北海道の十勝、上川地区と留萌、空知地区、それに九州福岡県から受け入れ体制完了のGOサインが出た。

福島、新潟、富山、群馬、長野、三重、滋賀、和歌山の各県からの人が移住に取りかかれる。

これにより北海道、九州での入居待機者もだいぶ減り、コンコースや公園も人が減ってきた。

総理の国民への訴えも聞いたのか、本州を脱出する人も、以前の異常事態から徐々に収束し、平常の流れに戻りつつあった。


ただ、本州脱出期限の九月三十日まではあと二十五日と迫っていた。

翌日、高知県知事から政府に連絡が入った。

高知県としての全地域の受け入れ完了はまだだが、皇室の受け入れは可能になったという事であった。

天皇はじめ皇室は、

「国民の移住を優先させてください」

と、いうお言葉であったが避難期限まで二十五日を切った今、早急の対応が必要という事で内閣から宮内庁に連絡を入れる事となった。

翌日、皇室の移動が正式に決まった。

次いで函館、檜山地区から受け入れ完了の連絡が入った。これで北海道が全地域受け入れ体制可能になった。

千葉、茨城両県民は北海道を目指す。

柳瀬は、ふと思った。

(亜希子はどうしているのだろうか……)

居住区の割り振りと、移住者の多さで難航していた大阪、兵庫を受け入れる熊本県からもGOサインが出た。

九州も全地域受け入れ可能になった。

残るは四国の二ヵ所だけである。

空から海から陸から、蟻の群れが巣を目指すように本州を脱出して行く。

大島、三原山では噴火に伴う溶岩が、山を森林を、そして無人になった町や村を焼き尽くしていた。

黒煙が吹き上がる火口に向かって一機の新聞社のヘリコプターが近づいて来た。中に乗っているのは操縦者とルポライターで、例の週刊誌の記事で日本中を混乱に巻き込んだ安井であった。

「それにしても凄いですねえ」

操縦者の言葉に、撮影を始めた安井は言った。

「ああ、こんな誰も近づかない、現状の三原山だ。こりゃ大スクープになるぞ」

ヘリコプターは旋回し安井は撮影を続ける。

操縦者が安井に言う。

「これ以上近づくと危険ですよ」

「わかってる、もう少しゆっくり回ってくれ」

「もう引き帰した方がいいんじゃないですか」

「おいおい、それ相応の報酬は払っているんだぞ、しかも社には内密で」

「わかってますって、しかも成功報酬も貰えるとあっては、こんなおいしい話は断れないですよ」

「おぬしも悪よのう、ってか」

「ハハハハハ」

さらにヘリコプターが旋回した時、予期せぬ出来事が起きた、三原山の中腹が大爆発を起こしたのだ、猛烈な噴火と溶岩がヘリコプターを直撃した。

「うわー」

一瞬の出来事だった、ヘリコプターは大爆発を起こし、海の藻屑と消えた。

八章　箱根大涌谷

1

避難期限まで二十日となったところで、やっと徳島県から東京の城東地区の受け入れ完了の連絡が入った。

高知県に確認を取ったところ、明後日にはGOサインを出せるとの事だった。

これで東京中央部が受け入れ完了となると、全地域の受け入れ体制が完了したことになる。


これを受けて総理は、主要大臣を集めて最終確認の会議を持った。これには警察関係から公安責任者、病院関係から日本赤十字代表、それに地震研究所所長の三津木も含まれており、運輸関係は国土交通大臣がその書簡を確認、伝える役になった。

運輸では各機関との決定事項として、本州からの船舶の最終出港日は明日、航空機は九月二十九日、列車は北海道、東海道新幹線ともに九月三十日が最終で、政府主要大臣と公安責任者、赤十字代表とＪＲの運行管理者、技術責任者、それに本人の希望もあり地震研究所の三津木らのメンバーは最終列車が現地に到着したのを確認したのち、国会前に着陸するように手配をする自衛隊の輸送用ヘリで四国に向かうことが確認された。尚、この機には救護用ヘリＪＡ４６が追尾する。

「公安委員長」

「はっ？」

総理に呼ばれて公安委員長は総理に顔を向けた。

「一一〇番と一一九番は最後まで繋がっているんでしょうな」

「それは大丈夫です、繋がっております」

柳瀬が総理に提言した。

「総理、緊急事態や万一取り残された場合に備えて、これはテレビでアナウンスしておいた方がいいんじゃないでしょうか」

「そうだな、高知が明日ＧＯサインが出るのと合わせて国民にアナウンスしよう」

その他では本州での郵便物、宅配便等の出荷、着荷は九月二十五日迄とする。という事が確認された。

三津木は言うか言うまいか迷っていたが、気になる事が一つあった。

箱根大涌谷が、まだあまりにも静かな事だ。

三原山があれだけ猛威をふるっているのに、あまりに兆候がなさすぎる……

一気に溜まっていたものが爆発しそうで不気味な感じを持っていた。

翌日、総理はテレビのニュース放送に臨んだ。

「皆さん、今日、高知県より受け入れ完了の連絡が入りました。これで本州の全地区の移住が可能となりました。すでにお伝えしている通り、船舶は今日が最終便、航空機は九月二十九日、北海道新幹線、東海道新幹線は共に九月三十日が最終便となります。また一一〇番と一一九番の回線は最後まで繋がっておりますので、緊急時や取り残された時など、万一の場合はダイヤルくださるようにお願い致します。自衛隊の航空機が待機する体制をとっております。私からのアナウンスはこれで最後になると思いますが、本州は無くなっても日本は生きているのです、頑張って未来の日本を創りましょう」

東京の街もすっかり人が減った。それでも都心ではタクシーをはじめ車が行きかい、店も何軒か開いていた。

気のせいか、危険を予知したのか、鳥や烏も減ったように思われた。

いよいよ避難期限が迫ってきた。

東京では東京タワーやスカイツリー、国会議事堂前などで、それこそ最後の記念撮影をする人もいた。

九月二十八日、経済産業省、東京での活動は今日で最後になる。

当面、行政機関は高知県庁と市役所などに間借りすることになる。

柳瀬は秘書を集めて訓示した後、一人ひとりに労をねぎらった。

第一秘書と握手をしたのち言った。

「今までご苦労だった。向こうへ行ってもよろしく頼む」

「いえ、こちらこそ、これからもよろしくお願いします」

恐縮して、そう言うと頭を下げた。

横に沢木光恵がいたので柳瀬は声を掛けた。

「君は明日の新幹線で帰るのかな？」

「いえ、私は明日は大阪の妹のところに泊まって、あさっての新幹線で一旦九州に帰ります。先生、四国でもよろしくお願いします」

「こちらこそ、どうぞよろしくお願いします」

「ハハハハ」

一同に和やかな笑いが起こった。

丸山玉代も微笑んでいる。

彼女には仕事面で長いこと世話になったが、沖縄出身の彼女はこれを機に、沖縄に帰って両親と暮らして向こうで仕事をするとの事だった。

「今日はみんな支度も有るだろうから、早く上がってくれたまえ」

柳瀬の言葉に、皆が散った。

沢木光恵が微笑んでお辞儀をした。

柳瀬は感じていた。

(この娘《こ》はすぐには辞めないが、いずれは九州で温かな家庭を持つだろう)

その時、最近多い軽い地震が起こった。


次の日、柳瀬は、一人で議員宿舎と経産省の整理と最終チェックをしていた。

もう、ほとんど人がいない為、会う人は少ない。


テレビで見ると空路と陸路の移動は順調に行っているようだ。

また、北海道や九州の受け入れの模様や現地に移住する人々の様子などが報道されていた。

明日は、避難期限の九月三十日だ。

2

柳瀬は就寝してから夢を見た、

ここがどこだか分からないが、林か森のような所で何人かの人と道に迷っているのだ。近くの森の中では別の人の集団が仕事？　をしている。こんな森の中で仕事などできるはずがないのだが、特に不思議とも思わない。

歩いているうちに柳瀬は穴に落ちる。それは蟻地獄のような穴で、這い上がろうとしてもどんどん中に引きずり込まれてしまう、何人かは手を差し伸べてくれているようだが、何人かはそのまま歩いて行ってしまう、森の中では人々が依然として仕事や作業をしている、柳瀬は一生懸命手を摑もうとしたところで目が覚めた。

全身ぐっしょりと汗をかいている。

何の夢だったのか想い出そうとするが、目覚めると共に記憶が飛んでしまって、断片的にしか想い出せない。

最近は特にそうだが、寝ると必ずと言っていい程夢を見る、それは魘《うな》されるような夢が多いが、内容は起きると共に消えてしまっていて記憶に残っていない。

時計を見ると五時四十分だ。

起きるには少し早いが、果たしてもう一度眠りにつけるかどうか、柳瀬は目を閉じた。

少しうとうとはしたが、眠れたのか眠れなかったのか……

六時半になり柳瀬は起きてシャワーを浴びた。

靄がかかったように霞んだ頭にシャワーの水が気持ちよかった。


総理はじめ中尾副総理、高田官房長官、深田国交大臣。田川環境大臣に柳瀬の六大臣が国会会議室に集まった。

ここが最終避難対策本部に指定された。

やがて地震研究所長の三津木が到着して柳瀬と顔を合わせた。

「おお、ご苦労さん」

「ああ」

「いよいよ最終日だな」

「そうだな」

柳瀬の言葉に三津木は気のない返事をした。

「どうしたんだ、素っ気ないなあ、今さら悩んだってしょうがないぞ」

「分かってる……」

「何か気になる事があるのか？」

「気の迷いだといいんだが」

「なんだ？」

「箱根が静か過ぎるような気がする」

「えっ、それはいい事じゃないか」

「うむ、ただ、溜まっているエネルギーが一気に爆発するという事もありうる、富士山がまだ噴火する事は無いと思うが、箱根も今日一日持ってくれるといいんだが」

十四時三十分、東京駅発新大阪停車の博多行き新幹線のぞみ七二五号が文字通り本州からの最終列車となる。

この列車は東京を出発してから新大阪で最終の乗客約八十人と、そのほか関西で最終業務などにあたっていたＪＲ職員ら二十人を乗せて博多に向かう。

その一本前の博多までノンストップの、のぞみ四四五号が千五百人の乗客を乗せて東京駅を出発した。

四四五号は、品川を過ぎ、スピードを上げて新横浜を過ぎ小田原が近くなった。

そのころ東京駅から最終ののぞみ七二五号が出発した。

先行するのぞみ四四五号が熱海、三島間に差し掛かった時に、思いがけない事が起きた。

震度5の地震と共に、三津木が最も恐れていた、箱根大涌谷が大噴火を起こしたのである。

地割れと落石により線路は埋まった。車内は悲鳴と怒号が渦巻く、ATCの緊急ブレーキにより既《すんで》のところで列車は停まった。

余震はしばらく続いたが、それが収まると乗客から当然のように恐怖と不安の声が上がった。

車内アナウンスが流れる。

「皆様、落ち着いて下さい。ただ今、指令室と連絡を取っております。席に座ってお待ち下さい」

この放送が繰り返された。

東京の震度は4だった。

最終避難対策本部の総理に、新幹線指令室から緊急連絡が入った。

「な、なんだって……」

総理は驚愕した表情で、電話相手の指令室長に聞いた。

「それは、とても復旧を見込める状態ではないんですか」

「はい、熱海、三島間で落石が完全に線路を塞いでしまっていて、線路も石に押し潰された部分は湾曲してしまっているそうです」

「後続の列車はどこにいるのですか」

「新横浜を過ぎたところで立ち往生しています、信号が赤のため、当然進めません」

「…………」

言葉が出なかった、手の打ちようが無かった。

総理はやっと声を絞り出した。

「北海道新幹線はどうなのです」

「それは大丈夫です。もう盛岡を過ぎましたから、こちらは無事北海道に入るでしょう」

「分かりました、取り敢えず電話を切ります、追って連絡します」

「はい」

総理は電話を切って一同を見渡した。

ただ、誰にも答えが出せない。

三津木は目を閉じ、腕を組み無念の表情を浮かべている。

柳瀬は二日前の沢木光恵の言葉を思い出した。

(明日は妹のところに泊まって、あさっての新幹線で九州に帰ります)

と、いう事は今日……

柳瀬は携帯電話を取り出し、秘書の携帯番号の一覧の中から沢木光恵にダイヤルをした。

呼び出し音がして、やがて光恵の声がした。

「はい」

「沢木君か」

「先生！」

沢木光恵の声は泣き出しそうだった。

「き、君、まさか」

「新大阪で妹と新幹線を待っていたんですけど、アナウンスで静岡で凄い地震が有って列車が停まってしまっている為、今、状況を確認中です、と繰り返されるばかりで……」

柳瀬は思った。三島以西は運行不能になっているのはＪＲ職員にも分かっている筈だ。

敢えてそれを言わないのは、列車を待つ乗客に混乱とパニックになるのを避ける為、何らかの解決方法と共に発表しようと努力しているのだろう。

「ねえ、先生どうしましょう、一本前を通過するはずの新幹線もまだだし、街はもう無人のようで、交通機関もないんです」

「落ち着くんだ。今、新幹線総合指令所と国会の避難対策本部で状況確認と対応策を検討している、また連絡するから」

「わかりました」

連絡する、とは言ったもののお手上げ状態だった。対策本部では総理はじめ各大臣は頭を抱えていた。

航空機を何とか回せないか、との案も出たが飛行機の着陸場所が問題になる、飛行場はすでに無人状態なのと、新幹線二台分の約三千人の乗客、それに新大阪で待つ約百人の乗客の移動手段もなかった。

九章　最終局面

1

箱根は噴火を続け、黒煙と共に溶岩が猛威を揮っていた。

時間は刻々と過ぎる……

柳瀬は三津木に聞いた。

「富士山ももう危ないのか？」

「ああ、避難期限を過ぎたら、いつ噴火してもおかしくない」

「噴火したら、どの程度の被害になる？」

「さあ、こればっかりは俺にも想像がつかんよ」

また、沈黙が走る……

柳瀬は無意識のうちに癖でボールペンを指でくるくる回していた。何気なく自分の指先を見た柳瀬は、突然大きな声を出した。

「総理!!」

「な、なんだね」

突然の柳瀬の呼びかけに、総理はじめ一同は柳瀬に注目した。

「指令室長に聞いて頂きたいのです、新幹線を逆走できないかと」

「逆走だって!?」

皆が目を剥いて顔を見合わせる、柳瀬が続ける。

「東海道新幹線から北海道新幹線へ、レールさえ繋がっていれば、あるいはポイントで切り換えられれば、理論上北海道まで行ける事になります。取り敢えず本州から逃げておいて、時を待ってまた移動するしかないと思います」

「うむ、しかし大阪の百人はどうするんだ」

「我々と最終確認者を四国まで空輸する輸送用ヘリを回しましょう。輸送用ヘリは百人は乗れるし、我々の移動を一日延ばせばいい訳ですから」

柳瀬は三津木を見た。

三津木は黙って頷いた。総理が口を開く。

「うーむ、それしかないか……」

「総理、確認をお願いします」

「わかった」

総理から新幹線総合指令室長の黒木に電話連絡が入った。

「逆走ですか⁉」

指令室長は驚きの声を上げた。

「そうです、新幹線二台の三千人の人々を何とか本州から脱出させたい、その上で新大阪の百人の乗客は自衛隊のヘリで九州に運びます」

「ちょっと待ってください」

総理は待たされた、電話の向こうでは指令室長が技術部長に確認を取っているようだ。

皆、息を呑んで成り行きを待つ、やがて指令室長が電話に出た。

「お待たせしました。東京駅付近の分岐点を最徐行で走行すれば現実として可能との事です」

「そうですか！」

総理の顔に明かりが射した。その様子を見て一同は安堵した。

「ただ問題があります」

「なんですか？」

「それは技術部長から話してもらいます、替わります」

総理は緊張した。

「もしもし、技術部長の小山です。問題はＡＴＣを切って走行しなければならない為、緊急時は運転手の判断で手動ブレーキを掛けるしかない、という事です」

「それはやむを得ないでしょうな」

「それと、時速を二百キロ以下に落とす必要があります。ですから函館まで新幹線が入るのは夜半になると思います、まだこの時期ですから雪になる恐れは無いと思いますが」

「よろしくお願いします、もうそれ以外に手は無いのです」

「わかりました」

柳瀬は早速、沢木光恵に電話を入れた。

「はい」

「沢木君、自衛隊のヘリがそちらに行く、そして全員を九州へ運ぶ」

「本当ですか！　ありがとうございます」

「三島から先は線路がやられてしまって走行不能なんだ。二台の新幹線は逆走して北海道に向かう」

「逆走ですか！」

誰が聞いてもたまげる話だった。沢木光恵も驚きの声を上げた。

「そうだ、ＪＲの職員にも連絡が入っていると思うが、君もできたら職員に協力して乗客に安心するように伝えてくれ、それと、時間とヘリの着陸場所は追って連絡する」

「わかりました」

「携帯の充電は大丈夫だろうね」

「はい、それに妹のもあるから大丈夫です」

「わかった、それじゃ」

電話を切ると沢木光恵は職員を探して走った。在来線の運行はもうなく、駅長の他に二人の職員だけが最終列車に乗り込む予定だった。

沢木光恵は駅長に言った。

「経済産業大臣秘書の沢木と申します、総合指令室から連絡は入っているでしょうか？」

「あぁ、はい何でも、ヘリコプターで九州へ運ぶ、とは言っていたんですけど、これから運転手と連絡を取らなければならない、とかで、時間等を今確認しようとしていたんですがなかなか繋がらなくて」

「たぶん、指令室も人が少ない上に運転手との連絡に追われているんですわ、自衛隊のヘリが九州へ運んでくれる事と、時間と乗車場所は追って連絡する旨、すぐアナウンスして下さい」

「わかりました」

沢木光恵の説明を受けてアナウンスが流れ始めた。

「皆様にお知らせ致します、震度5の地震と箱根の噴火の為、三島以西の線路が走行不能となり、急遽自衛隊のヘリコプターをこちらに差し向けて九州に運んでくれるそうです。時間と乗車場所は追って連絡いたします、尚二台の新幹線、のぞみ四四五号と七二五号は急遽、北海道に向かいます」

駅で待つ乗客からは安堵と驚きの声が上がった。


対策本部では柳瀬が国交大臣と新大阪駅の地図を広げて見入っていた。

「北口はかなり混みいっていますねえ」

柳瀬の言葉に国交大臣は言った。

「うむ、ヘリが着陸するなら南口のロータリーだろうな、今は車もないだろう」

「そうですね、あとは時間だな……」


少しして総理に航空自衛官から電話が入った。

「はい、山村です」

皆は総理に注目した。

「あぁ、そうですか」

総理は通話を中断して皆に言った。

「おい、新大阪に十七時に着けられるそうだ」

「総理、南口のロータリーに着けるように頼んで下さい」

柳瀬の言葉に総理は言った。

「南口のロータリーに着けられますか」

「南口のロータリーですね、分かりました」

柳瀬は沢木光恵に電話をした。

「十七時に南口のロータリーですね」

「あぁ、ヘリコプターが完全に着地するまで誰も近づかないように」

「分かりました」

「あと、JRから連絡があると思うが、時間に遅れないように」

「はい、じゃあ今のうちに何か食べておきます」

「それだけ元気があれば大丈夫だな」

柳瀬は微笑みながら言った。


少し経って総合指令室から総理に電話が入った。

「北海道新幹線が今、函館に到着しました」

「そうですか！」

電話を切ってから総理は煙草に火を点け、煙を大きく吐き出した。

「総理、後は臨時に北海道に入る三千人の乗客ですね」

柳瀬の言葉に総理は言った。

「うむ、無事北海道に入ったとしても宿泊先だな、北海道には、公民館、体育館、市役所、スポーツジムなど何でもいいから、何とか人数分を確保してくれと言ってあるのだが……」

2

これで、後は立ち往生した二台の新幹線だけである。

それぞれの新幹線の乗客は車内アナウンスに驚きと戸惑いの表情を見せた。

「おい、本当に北海道に行くのかよ」

「でも、これから先に進めないんじゃしょうがないわよね」

「もう、街はどこも無人だしな」

「向こうに泊まる所はあるのかしら」


そうこうしているうちに、新横浜の先に停まっていた、のぞみ七二五号が動き出した。北海道に向かって……


五分後、熱海の先に停まっていた、のぞみ四四五号も追尾するように動き出した。

ここに、前代未聞の東海道新幹線逆走の北海道行きが始まった。

幸運だったのは、将来を見据えて西からも北海道へ新幹線の直通の計画があった為、レールがポイントで繋がっていた事だ。

二台の新幹線は徐々にスピードを増し、北へ向かう……


五時になり、新大阪に自衛隊の輸送用ヘリが到着した。

自衛隊から総理に電話が入ると同時に、柳瀬に沢木光恵から電話が入った。

「先生、着きました」

「沢木君、着陸はスムーズに行ったかい？」

「はい、今、ＪＲの人が人数を確認し終わって、最終確認者たちとこれから乗り込むところです」

「わかった、気をつけて」

「はい」


北へ向かう二台の新幹線は、東京駅を最徐行で走り抜けた。

国会前に着く輸送用ヘリは明朝九時と決まった。これには救護用ヘリＪＡ４７が追尾する。


夜八時半を過ぎた、柳瀬が総理に言った。

「総理、お腹が空きませんか？」

「おぉ、そう言えばみんなもお昼は食べていなかったな」

「非常用食として、カップ麺とお茶しかありませんが、みんなで食事にしますか」

「そうだな、皆さん!! ご苦労様です、本当に簡単ですが食事にしたいと思います」

「お湯を沸かしてきます」

柳瀬の言葉に総理が言った。

「あぁ、すまん」


九時近くなって函館に、新幹線ののぞみ七二五号が、そして二十分程あとにのぞみ四四五号が函館に到着した、という連絡が入った。黒木指令長に、総理は労をねぎらった。

「ご苦労様でした。輸送用ヘリは明朝九時に国会前に着きますので、最終確認メンバーは全員、遅れないようにお願いします」

「わかりました」

総理が電話を切ると、対策室全体にやっと安堵感が漂った。

煙草を銜えた総理は火を点け大きく吸い込んだ煙を吐き出した。

やっとここまで来た、という感じだった。これで明日の輸送用ヘリで総理をはじめ最終確認人員を四国に運べば、本州からの移動は完了する。

翌、十月一日、避難期限を一日過ぎた。

軽微な地震が続く中、朝九時に国会前に着陸したヘリが最終移動者を乗せて飛び立った。

後ろから救護用ヘリＪＡ４７が追尾する。

救護用ヘリに乗るレスキュー隊員の若松は目を凝らして、人の姿が無いか地上を見回した。

新宿の中央公園上空にさしかかった所で若松が大きな声を出した。

「人だっ!!」

「えっ」

操縦者はびっくりして聞き返した。

「人がいた！　今の所を旋回してくれ」

ヘリコプターは旋回する。

公園のベンチにホームレスのような男が一人ポツンと座っている。手が動いているので間違いなく生きている。

「ＪＡ４７より輸送ヘリＵＨ６０へ！　中央公園内に男性一名を発見、救護に向かいますので先に四国に向かって下さい」

「了解」

輸送用ヘリは西へ向かう、プロペラを回転させながら上空に停止した救護用ヘリから縄梯子が降ろされ、若松が地上に降り立つ。

「何をしているんですか、早く避難しないと大変な事になりますよ!!」

「ああ？」

男は眠そうな顔をして若松を見た。

「知らないんですか、本州は沈むんですよ！　富士山だっていつ噴火するか分からない」

「なんか、そんなことを言ってたな」

「い、言ってたなって……あなたは死にたいのですか!?」

「……俺はもうこの世に未練はない、いつあの世に行ってもいいんだ」

男は自嘲気味に言った、若松が言葉を返す。

「人間には生きる権利がある。私には人を救う義務がある」

「いいか、若僧、生きる権利があるなら、死ぬ権利だってあるんだよ」

目と目が合ったまましばらく時間がたった。

上空では回転音をさせてヘリコプターが待機している。

静かに若松が口を開いた。

「私の父はあなたと同じくらいの齢でしょう、腎臓が悪く週三回透析をしています、これは一生続きます。母は膵臓癌で昨年亡くなりました、生前母は懸命に父のために尽くしました、もっと生きたかったでしょう、心のこりだったでしょう、死にたくなかったでしょう」

「…………」

「あなたには親にもらった立派な体があるではありませんか、まだ人生に可能性はあります、自分から命を絶ってはだめです、生き続けなければだめです、お願いです、ヘリコプターに乗ってください」

にらみ合いが続いた。

若松は目に涙を浮かべている。
やがて男が目を逸らせうっすら微笑み、言った。
「わかったよ」

二人を乗せ、ヘリコプターは西へ向かった。

数日後、
三津木の予測通り富士山は噴火した。
地獄絵図のような光景が繰り広げられた……

エピローグ

十五年後——

海を渡る渡り鳥の群れ、
この群れの中に知るものはないだろう、
以前ここに有ったものがなくなっていることを、
日本から本州がなくなっていた……

冒頭で登場したスーツ姿の小太りの男が電車の乗り換え口に急ぐ、ここは四国の高

知駅だった

男は私立探偵で、北海道である依頼を受け、四国まで出張して来ていた。

男は電車に滑り込むと、満員の乗客を乗せて電車は走り出した。

国会は高知城、高知公園に隣接する旧高知県庁、高知市役所跡地に翌年完成を目指し、新議事堂を建設中だった。それを挟んでその西側には皇室、宮内庁の御所が、東側には政府の出先機関として地震研究所があった。研究所には、未だに独身で相変わらず研究に没頭していて、たまに昼食を取るのを忘れる三津木所長がいた。この三津木らによって十五年前日本国民は最小限の被害で逃れることができたと言えるだろう。

高知からほど近い、あざみ野という駅を降り、数分歩くとお洒落な住宅が立ち並ぶ住宅街に出る、その中の一件の住宅を訪ねる六人の人影が有った。

表札の文字は「山村」となっていた。政界を五年前に退いた、元総理の現在の住居だった。

インターホンの呼び出しに、少し足を引き摺りながら山村が玄関を開けた。

「こんにちはー」

皆が一斉に声を出した。

「おーっ、よく来たねえ」

訪ねてきたのは娘の奈津美夫妻と、二年前に二十歳《はたち》の若さで結婚し生後六ヵ月のひ孫にあたる龍次を抱いた孫の真耶と正一夫妻、それに北海道大学の学生に成長した翔、の六人だった。

「空港は混んでたかい？」

山村の問いに娘の奈津美が答えた。

「もうすごい人、飛行機も満席、電車も満員だったわ」

「おーそうか、そりゃ大変だったね」

山村は次いで真耶の夫の正一に声を掛けた。

「いやー、結婚式には出られないで悪かったねー」

「いえ、そんな、お気遣いなく」

「仕方ないわよ、あの頃お父さんは入院してらしたんですもの」

奈津美が言った、山村は翔に話しかけた。

「翔君は北海道大学だったね」

「はい、政治経済を学んでいます。将来はお祖父さんのように政治の道に入りたいと思います」

「おーっ、それは頼もしいね」

と言い、真耶の抱いているひ孫の頭を撫でながら言った。

「可愛いねー、ほっぺが真っ赤だ」

「お祖父さんの名前の一文字をもらって龍次と名付けました」

正一の言葉に次いで奈津美の夫の明男が言った。

「それじゃあ肖《あやか》って、将来は総理大臣だな」

「ワハハハ」

一同に笑いが起こった。真耶が言った。

「龍次、お祖父ちゃんに抱いてもらいなさい」

「おー、よしよし」

真耶から龍次を受け取った山村は思った。

（まさか自分がひ孫まで抱けるとは思わなかった……）

だが山村は両手で、ひ孫を抱くことはできない。

二年半前に脳梗塞を患い、一命は取りとめたが、右半身に強い麻痺が残った。

左手でこわごわと、ひ孫を抱く山村を見て娘の奈津美は目に涙を浮かべた。


高知駅から西に行くと円行寺口という駅がある。

そこから歩いて十分ほどの所に小学校があった、その三年二組の担任は四年前に政界から去り、一昨年からこの学校に赴任した柳瀬だった。

柳瀬は大学時代に取っていた教員免許が役立ち、五十歳からの新たな人生を教師として歩いていた。

教室では四時限目の算数が終わった所だった。

「ようし、じゃあ二十二ページから二十五ページまでの計算問題を明日までにやってくること」

生徒たちから不満の声が上がる。

「エーッ」

「また宿題かよー」

「チェッ」

「こら、健太」

「はっ？」

「チェッというのは今日三度目だぞ」

「違うよ先生」

「えっ」

「四度目だよ」

「ワハハハハ」

一同から笑いが起こった。

柳瀬は苦笑いしながら言った。

「わかった、わかった、じゃあ当番の人、号令をかけてくれ」

「起立！」

生徒が立ち上がる。

「礼！」

頭を上げて教室を出た柳瀬は、廊下を歩きながら首をぐるぐると回した。

最近悩まされているのが肩こりと腰痛である。四十肩、五十腰というが、ここに来てその両方がいっぺんに出たようであった。

自分では若いと思っていても、やはり体は昔のようにはいかず、疲れもたまりやすく、なかなか取れない日々が続いていた。

柳瀬が向かったのは職員室では無く保健室だった。

「田中先生、お邪魔します」

保健体育の六十近い女教師の田中が愛想よく答えた。

「あら、柳瀬先生」

「またビタミン剤をもらいたいんですが」

「ああ、どうぞどうぞ、今お出ししますわ」

ビタミン剤と水を出した田中は聞いた。

「まだ疲れは取れにくいですか」

「そうですね、最近は腰の方もまた調子悪くなっちゃって」

「あら、いけませんわねぇ、柳瀬先生は五時限目は空きでしたわね」

「ハア」

「私は授業で出てしまいますので、ベッドで少しお休みになられたら如何ですか」

部屋の隅にはカーテンで仕切られてベッドが置いて有る。

「そうですね、じゃあ、そうさして貰おうかな」

腰を押さえながら柳瀬はベッドに横になり目を閉じた。

田中が出て行った保健室はシーンとした。

遠くの方で微かに生徒の騒ぐ声が聞こえる。

柳瀬は亜希子と別れて以来独身を通していて、今は独身教員用住宅に入っていた。

うとうととして来たころ、カーテンの向こうから微かに名前を呼ばれたような気がした。

「柳瀬先生」

「ハイ」

柳瀬はベッドから起き上がった。入口で呼んでいたのは用務員さんだった。

「お客さんですが」

「客？　誰ですか」

「佐藤さんとおっしゃる方です」

「佐藤？」

そんな日本で一番多い苗字を言われても分からなかった。生徒の親かも、と思い柳瀬は言った。

「それじゃあ通して下さい」

「どうぞ」

と、言い用務員は立ち去った。

入って来たのは十四〜五歳の少女だった。

柳瀬の目と少女の目が合った。

（まさか!! 佐藤というのは別れた妻亜希子の旧姓でもあった、少女の目もとには亜希子の面影がある……）

二人は見つめ合ったまま動けなかった、少女は目に涙を浮かべている。

柳瀬がやっとのことで声を絞り出した。

「す、すると君は……」

「佐藤亜希子の娘、真奈美です」

晴天の霹靂だった。

茫然としている柳瀬に少女は続けた。

「そして、あなたの娘です」

少女の目から涙が流れる、感極まって少女は柳瀬に抱きついた。

「お父さん!!」

柳瀬は強く抱きとめた。だが言葉が出てこない、少女が話す。

「ママは言っていたわ、(私がばかだったの……あの人が幸せになるなら、その方がいいと思って別れたの)と。だけど妊娠していることを、その後で知ったらしいの……。新しく生まれる生命《いのち》を殺すことはできない、とママは私を産んで、あの頃は日本がとても大変だったらしいけど、女手一つで必死に私を育ててくれたの。だけど私が大きくなってから偶然に、パパが一緒になったと思っていた人が違う男の人と家庭を持っていることを知ったの。その頃からママは心臓を患って、どんどん悪くなっていったの」

柳瀬は真奈美を抱く手に力を込めた。

真奈美が続ける。

「ママはパパがどんな人か絶対に言わなかったけど、死期が近くなって病院のベッドでペンダントを私に渡して言ったわ。（あなたは、この中の人が、いずれ誰だか知るでしょう、そして会いたいと思うでしょう、でも約束して頂戴、もしこの人が今、新しい家庭を持っていたら、遠くから見守るだけにしてほしい……あの人の幸せを、こわさないでほしい……）と」

柳瀬は目を涙で光らせ、言った。

「それが最後の言葉だったのかい？」

「ええ、それで私は写真からパパが元国会の大臣で今は四国にいる事までわかったの、それで私立探偵に頼んで調べてもらったの、そうしたらママと別れた後はずーっと一人で、今は小学校の先生をしているって聞いて、どうしても会いたくなって……迷惑でしたか？」

柳瀬は嗚咽をこらえるのに精一杯だった。

「よく来てくれた、よく来てくれた」

柳瀬は、より一層真奈美を強く抱き、思った。

この娘《こ》が……
この子たちが、これからの日本を創るのだ……
明るく、なにものにも負けない、
強い日本を……

〈著者紹介〉

坂戸　昇（さかと　のぼる）

1953年7月18日 兵庫県生まれ。

1976年 日本大学経済学部卒業。東京在住。

遅い作家デビューでしたが、四本目の本作品に全力投球しました。

本州沈没

定価（本体 800円+税）

乱丁・落丁はお取り替えします。

2017年 1月21日初版第1刷印刷

2017年 1月27日初版第1刷発行

著　者　坂戸　昇

発行者　百瀬精一

発行所　鳥影社 (www.choeisha.com)

〒160-0023 東京都新宿区西新宿3-5-12トーカン新宿7F

電話 03(5948)6470, FAX 03(5948)6471

〒392-0012 長野県諏訪市四賀229-1(本社・編集室)

電話 0266(53)2903, FAX 0266(58)6771

印刷・製本　シナノ印刷

ISBN978-4-86265-585-1 C0093